www.ingramcontent.com/pod-product-compliance
Lightning Source LLC
LaVergne TN
LVHW010840051026
849532LV00007B/2766
* 9 7 8 9 3 6 9 0 8 4 2 7 2 *

روشِ بدلی زمانے کی

(مزاحیہ مضامین)

کنہیالال کپور

Ravish badli zamane ki *(Humorous Essays)*

by: Kanhaiya Lal Kapoor

Edition: June '2025

Publisher :

Taemeer Publications LLC (Michigan, USA / Hyderabad, India)

ISBN 978-93-6908-427-2

کتاب	:	**روِش بدلی زمانے کی** (مزاحیہ مضامین)
مصنف	:	**کنہیالال کپور**
صنف	:	طنز و مزاح
ناشر	:	تعمیر پبلی کیشنز (حیدرآباد، انڈیا)
سالِ اشاعت	:	۲۰۲۵ء
صفحات	:	۹۴
سرورق ڈیزائن	:	تعمیر ویب ڈیزائن

فہرست

ایک لیلیٰ ہزار مجنوں

ایک انار صد بیمار والا معاملہ ہوتا پھر بھی کوئی مضائقہ نہ تھا۔ لیکن یہاں تو ایک لیلیٰ تھی اور ہزار مجنوں! اس پر ستم یہ تمام مجنوؤں کا مزاج لڑکپن سے احمقانہ تھا۔ لیلیٰ نے اُن سے سوال کیا۔ "آپ خواہ مخواہ میرا قافیہ کیوں تنگ کرتے ہیں؟" ایک مجنوں نے جو شاعر بھی تھا، پھبتی کستے ہوئے جواب دیا۔ "محترمہ! آپ کا قافیہ تو پہلے ہی تنگ ہے۔ تھیلا اور کیلا کے سوا لیلیٰ کا کوئی قافیہ ہی نہیں!" لیلیٰ لاجواب ہو گئی۔ اس نے اپنی خفت کو مٹانے کے لیے اعلان کیا۔ "آپ تشریف لے جا سکتے ہیں۔ ایک ہفتہ کے بعد میں آپ کو اپنے فیصلے سے آگاہ کروں گی۔"

لیلیٰ نے اپنی سہیلی شیلا سے مشورہ کیا۔ اس نے کہا۔ میری مانو تو تھانے میں رپٹ لکھوا دو۔ موئے سب صنف نازک سے چھیڑ چھاڑ کرنے کے جرم میں دھر لیے جائیں گے۔ ممکن ہے ان میں کچھ کو (M.I.S.A) کے تحت نظر بند بھی کر دیا جائے۔"

"وہ تو صحیح ہے مگر اس میں رسوائی کا ڈر ہے۔"

"تو پھر یوں کرو۔ سوئمبر رچالو!"

"سوئمبر؟ لیکن شرط کیا ہو؟"

"جو مجنوں سب سے زیادہ دلدوز آہ بھرے اور آنسو بہائے اس کے گلے میں جے مالا ڈال دی جائے!"

مجنوؤں کو بذریعہ اشتہار مطلع کر دیا گیا کہ اگلے اتوار کو لیلیٰ کی کوٹھی پر سوئمبر کا اہتمام کیا گیا ہے جہاں آہیں بھرنے اور آنسو بہانے کا مقابلہ ہوگا۔

سوئمبر کی شرائط پڑھ کر مجنوں بہت خوش ہوئے اور دن رات اِن کی مشق کرنے لگے۔

سوئمبر میں نو سو ننانوے مجنوؤں نے ایک ہی انداز میں آہ بھری کیونکہ اُنھوں نے ایک ہی امریکن کتاب سے جس کا نام تھا "عاشق کو آہ کس طرح بھرنی چاہیئے" یہ طریقہ نوٹ کیا تھا۔ انھیں رد کر دیا گیا۔ باقی پانچ کی آہوں میں کافی انفرادیت پائی گئی۔ ان میں سے ایک پینسٹھ سالہ مجنوں نے کچھ اس انوکھی ادا کے ساتھ اپنے فن کا مظاہرہ کیا کہ لیلےٰ کو فانی بدایونی کا یہ شعر بے اختیار یاد آ گیا ؎

اُٹھنا وہ تیرے در سے کسی نامراد کا
اِک آہ زیرِ لب کا سہارا لیے ہوئے

اور آنسو بہاتے وقت جب انھوں نے شیخ ابراہیم ذوقؔ کی طرح دریا ہی بہا دیئے تو سوئمبر سے بھی یہ مسئلہ حل نہ ہو سکا۔

ججوں نے تجویز پیش کی۔ انھیں مزید شرط پوری کرنے کے لئے

کہا جائے۔ چنانچہ اب شرائطِ وصلِ لیلیٰ یہ ٹھہریں:۔

۱۔ تین دِن کے اندر لیلیٰ کی کوٹھی کی مرمت کے لیے بیس کلو سیمنٹ اور اُس کے چہرے کی تازگی کو برقرار رکھنے کے لیے فارن پاؤڈر لائیے۔

۲۔ ان دو سوالات کا صحیح جواب دیجیے:۔

(ا) گرانی کے دِلوں میں زندہ کیسے رہا جا سکتا ہے؟

(ب) بڑھتی ہوئی آبادی کا کیا علاج ہے؟

اِن شرائط کو سُن کر تین مجنوؤں کا ہارٹ فیل ہو گیا۔ باقی دو نے انھیں پُوری کرنے پر آمادگی ظاہر کی۔ دُوسرے دن وہ مطلوبہ اشیا اور جوابات کی تلاش میں روانہ ہو گئے۔ سیمنٹ کی جس دُکان پر گئے وہاں یہ سائن بورڈ لگا ہوا پایا "ہم آپ کے لئے آسمان سے تارے اُتار سکتے ہیں، جیتے شیر لا سکتے ہیں لیکن سیمنٹ نہیں دے سکتے۔ کم از کم دو سال اور انتظار کیجیے شاید ہم آپ کی کچھ خدمت کر سکیں۔"

یہ سمجھتے ہوئے کہ سیمنٹ کالے بازار میں چلا گیا ہے انھوں نے اِس بازار کے دلال سے مُلاقات کی۔ اُس نے کہا "سیمنٹ تو میں آپ کو اِتنا دے سکتا ہوں کہ آپ کو شِکوہ کوتاہی داماں ہو جائے۔ مگر دس روپے فی کلو کے حساب سے قیمت ابھی نقد ادا کر دیجیے۔ سیمنٹ آپ کے گھر پہنچا دیا جائے گا۔

مجنوؤں کی ایک مشکل آسان ہوئی۔ اب اُنھوں نے فارن پاؤڈر

حاصل کرنے کے لیے سنگ و دو شروع کی بیشتر دکان داروں نے انھیں بتایا۔ اگر آپ تین ماہ پہلے آتے تو ہم آپ کی خدمت میں فرانسیسی، اطالوی جاپانی پائوڈر پیش کر سکتے تھے لیکن جب سے چھاپے پڑنے لگے ہیں، فارن پاؤڈر پولیس اٹھا کر لے گئی ہے۔"

ایک مجنوں نے بڑی معصومیت سے سوال کیا۔ "پولیس اسے کیا کرے گی؟"

دکاندار بولا۔ "یہی تو ہم سوچ رہے ہیں۔ اگر زنانہ پولیس ہوتی پھر کوئی بات بھی تھی۔"

دوسرے مجنوں نے پوچھا۔ کیا اب فارن پاؤڈر کہیں سے نہیں مل سکتا؟"

"صرف ایک دکان سے مل سکتا ہے۔ مگر وہاں آپ کو "کیو" میں کھڑا ہونا پڑے گا۔"

"کوئی بات نہیں ہمیں اس دکان کا پتہ بتلایئے۔"

جس دکان کا پتہ بتایا گیا اس کے سامنے ایک فرلانگ لمبا "کیو" لگا ہوا تھا۔ دونوں مجنوں اس کے آخر میں کھڑے ہو گئے۔ پانچ گھنٹے کھڑے رہنے کے بعد ان کی کمر میں درد ہونے لگا ٹھنڈے پسینے چھوٹنے لگے۔ دن کے وقت تارے نظر آنے لگے۔ خدا خدا کر کے جب ان کی باری آئی دکاندار نے معذرت چاہتے ہوئے کہا "سٹاک ختم ہو گیا ہے۔ کل تشریف لایئے۔"

گھر لوٹتے وقت ایک مجنوں نے ایک لالہ جی کے ہاتھ میں فارن پاؤڈر کا ڈبہ دیکھا۔ اس نے ان کے پاس جا کر بہت لجاجت

سے درخواست کی

"مُنہ مانگے دام لیجیے یہ ڈبہ مجھے دیجیے!"

"مگر کیوں؟"

"مجھے اپنی لیلیٰ کے لئے چاہیے۔"

"معاف کیجیے۔ میں نے یہ آپ کی لیلیٰ کے لئے نہیں اپنی للائن کے لئے خریدا ہے!"

دُوسرے دن علی الصبح مجنوں "کیو" میں کھڑے ہو گئے اور انہیں فارن پاؤڈر کا ایک ایک ڈبہ مِل گیا۔

سوالات کے جوابات کے لئے ایک مجنوں نے اُس ماہر اقتصادیات سے رجوع کیا جو ایک یونیورسٹی میں پروفیسر تھا اور جس کی لیاقت کی سارے مُلک میں دھوم تھی۔ اُس نے ایک معقول فیس وصول کرنے کے بعد یہ جوابات لکھوائے۔

گرانی کے دِنوں میں تین چیزوں کا سہارا لے کر ہی زندہ رہا جا سکتا ہے۔ وہ ہیں خیرات، قرض اور رشوت!

آبادی کو صرف شرحِ اموات کو بڑھا کر ہی کم کیا جا سکتا ہے۔ اگر تمام اسپتال اور مطب بند کر دیئے جائیں اور ڈاکٹروں، حکیموں اور ویدوں کا پیشہ غیر قانونی قرار دے دیا جائے تو یہ مسئلہ حل ہو سکتا ہے۔

دوسرے مجنوں نے ایک ایسے عالم کی خدمات حاصل کیں جو عالم ہونے کے ساتھ ہی ستم ظریف بھی تھا۔ اُس نے یہ جوابات تجویز کیے۔

گرانی کے دِنوں میں سال میں چھ مہینے روزے رکھ ہی زندہ رہا جا سکتا ہے۔

بڑھتی ہوئی آبادی کا علاج یہ ہے کہ ہر نئی نویلی دُلہن اس مقولے یا فارمولے پر عمل کرے۔

پہلا بچہ ابھی نہیں سچ پوچھو تو کبھی نہیں

دونوں مجنوؤں نے سیمنٹ، پاؤڈر اور سوالات کے جوابات لیلےٰ کو بھجوا دئے۔ ججوں نے سیمنٹ اور پاؤڈر کے بارے میں ماہرین کی رائے طلب کی اُنھوں نے اُنھیں ٹیسٹ کرنے کے بعد جو رپورٹ بھجوائی اُسے پڑھ کر لیلےٰ ہی کے نہیں دونوں مجنوؤں کے ہاتھوں کے طوطے اُڑ گئے لکھا تھا "اِس سیمنٹ میں پچاس فیصد بیس فیصد راکھ اور بیس فیصد پسا ہوا باجرہ ہے۔

"پاؤڈر میں پچاس فیصد مَیدہ اور پچاس فیصد چُونا ہے"۔

ججوں نے جب سوالات کے جوابات ملاحظہ کئے تو اُنھیں بیکسر ناتسلّی بخش پایا۔ نتیجہ یہ ہوا کہ دونوں مجنوؤں کو رد کر دیا گیا۔

اِس دردناک قصے کا طرب انگیز پہلو یہ ہے کہ لیلےٰ ابھی تک کنواری ہے! اگر آپ قسمت آزمائی کرنا چاہیں تو غالباً اُسے کوئی عُذر نہ ہوگا۔ خالص سیمنٹ اور فارن لیس پاؤڈر حاصل کرنے کا انتظام خود کر لیجئے۔ رہے دو سوالات، اُن کے صحیح جوابات ہم بتا دیتے ہیں۔

گرانی کے دنوں میں زندہ رہنے کا راز گھر کے لئے زیادہ سے زیادہ چیزیں خریدنے میں نہیں بلکہ گھر کی زیادہ چیزیں فروخت کرنے میں ہے۔

بڑھتی ہوئی آبادی پر قابو پانے کا ایک ہی طریقہ ہے۔ ایک... خاص آرڈی نینس کے ذریعہ شادی کی عمر لڑکے کے لیے پینسٹھ سال اور لڑکی کے لیے ساٹھ سال مقرر کر دی جائے۔

••

آغا خنجر

اب تو یاد نہیں ہم نے آغا خنجر کو پہلی بار کہاں تقریر کرتے ہوئے سنا۔ البتہ اتنا خیال آتا ہے تقریر سننے کے بعد محسوس کیا تھا کہ اگر اُن کا کوئی نام اندر شناس ہو سکتا ہے وہ خنجر ہی ہے! اُن کا ہر فقرہ خنجر کی طرح دل میں اُترتا رہا تھا۔ سامعین پر وجد کا عالم طاری تھا۔ بات بات پر سبحان اللہ کے ڈونگرے برس رہا تھا۔ وہ تقریر نہیں کر رہے تھے، جادو جگا رہے تھے۔ ہم نے جب اپنا مقابلہ اُن سے کیا تو بے اختیار اپنی کم مائیگی پر ترس آیا۔ ایک ہم ہیں کہ اسٹیج پر آتے ہی ٹھنڈے پسینے چھوٹنے لگتے ہیں۔ آنکھوں کے سامنے اندھیرا چھانے لگتا ہے۔ کوشش کے باوجود ڈھب کوئی کلام کی بات نہیں کر سکتے۔ بغلیں جھانکنے لگتے ہیں اور سامعین ہماری بے بسی سے لطف اندوز ہو کر بغلیں بجانے لگتے ہیں۔ متعدد بار جلسوں میں خفت اُٹھانے کے بعد ہم نے سوچا، کیوں نہ آغا صاحب سے رجوع کیا جائے اور وہ تمام رموز و نکات حاصل کیے جائیں جو ایک مقرر کے لیے لازمی قرار دیے گئے ہیں۔

چنانچہ ایک دن ان کی خدمت میں حاضر ہوئے اور عرض کی۔

"آپ جادوگر ہیں۔ آپ کی نظرِ عنایت خاکسار پہ ہو جائے تو یہ ذرہ بھی آفتاب بن سکتا ہے۔"

"خوش قسمتی سے وہ بہت اچھے موڈ میں تھے مسکرا کر فرمایا

"ریاض کے بغیر کسی فن پر عبور حاصل کرنا ناممکن ہے۔ پہلے یہ بتائیے آپ ریاض کر لینگے؟"

"جی ہاں۔ کیوں نہیں کتنے دن ریاض کرنا ہوگا؟"

"دن نہیں سال۔ کم از کم سات سال"

"اتنا طویل ریاض تو ہم نہیں کر سکتے!"

"کیا آپ اسٹیج پر یک لخت رونے یا ہنسنے کی ایکٹنگ کر سکتے ہیں؟"

"کیا آپ بادل کی طرح گرج اور بلبل کی طرح چہک سکتے ہیں؟"

"کبھی تجربہ نہیں کیا۔ ویسے یہ بھی اتنا آسان نہیں معلوم ہوتا"

"کیا تقریر کرتے وقت میز پر اس زور سے مکا مار سکتے ہو کہ وہ ٹوٹنے سے بال بال بچ جائے؟"

"اتنے زور سے تو مکا نہیں مار سکتے"

"کیا غالب کے اشعار ذوق سے۔ ذوق کے داغ سے اور داغ کے امیر مینائی سے منسوب کر سکتے ہو؟"

"بالکل نہیں"

آغا صاحب نے بڑی خود اعتمادی کے ساتھ کہا "آپ سب کچھ بن سکتے ہیں۔ مقرر نہیں بن سکتے!"

اُن کے اِس دوٹوک فیصلے کو سُن کر بہت مایوسی ہوئی۔ نیز یہ انکشاف ہوا۔ ایک کامیاب مقرر بننے کے لئے کیا کیا پاپڑ بیلنا پڑتے ہیں ہم نے ایک دوست سے مشورہ کیا کہ اب کیا کرنا چاہیئے؟ اُس نے کہا آئندہ آپ آغا صاحب کی تقریروں کو سننے کے بعد اُن کا تجزیہ کریں کہ وہ سامعین کو متاثر کرنے کے لئے کون سے حربوں کا استعمال کرتے ہیں۔ ہمیں یہ مشورہ پسند آیا۔ اُس شام آغا صاحب قصابوں کی ایک انجمن میں تقریر کر رہے تھے۔ ہم وہاں پہنچے۔ آغا صاحب جھومتے جھامتے اسٹیج پر آئے۔ سامعین پر ایک نگاہِ غلط انداز ڈالی۔ دو ایک بار کھانس کر گلا صاف کیا اور پھیپھڑوں کی پوری طاقت استعمال کرتے ہوئے یہ شعر پڑھا ؎

ہم نے اُن کے سامنے پہلے تو خنجر رکھ دیا!
پھر کلیجہ رکھ دیا۔ دل رکھ دیا۔ سر رکھ دیا

سامعین نے تالیاں پیٹ کر داد دی۔ اِتنے میں! انہوں نے دوسرا شعر پڑھ دیا۔ ؎

خنجر چلے کسی پہ تڑپتے ہیں ہم امیر
سارے جہاں کا درد ہمارے جگر میں ہے

سامعین نے پھر تالیاں پیٹیں۔ آغا صاحب نے جوش میں آکر فرمایا۔ "حضرات! کسی شاعر کا مصرع ہے۔

وہی ذبح بھی کرے ہے وہی لے ثواب اُلٹا

ثواب کا یہ مسئلہ واقعی اُلٹا ہے یعنی وہی بات اُلٹا چور کوتوال کو

ڈانٹے۔ اب دیکھیے نا۔ لوگ شکایت کرتے ہیں۔ انہیں اچھا گوشت نہیں ملتا۔ ہم پوچھتے ہیں۔ اچھے بکرے کہاں ملتے ہیں جو اچھا گوشت ملے۔ اچھے بکرے تو پر لگا کر یوں اُڑ گئے جیسے کبھی تھے ہی نہیں۔ حضرات! ایک محاورہ ہے اُلٹی چھری سے حلال کرنا مجھے داغ کا ایک شعر یاد آگیا۔

نگاہ پھیر کے عذر وصال کرتے ہیں
مجھے وہ اُلٹی چھری سے حلال کرتے ہیں

حالاں کہ آپ نے کبھی کسی بکرے کو اُلٹی چھری سے حلال نہیں کیا۔ لیکن لوگ ہیں کہ آپ کو اُلٹی چھری سے حلال کرنے پر تُلے ہوئے ہیں۔ مگر وہ یاد رکھیں ؎

قریب ہے اب تو روزِ محشر چھپے گا کشتوں کا خون کیوں کر
جو چُپ رہےگی زبانِ خنجر۔ لہو پکارے گا آستیں کا!

ہم نے اُن کی اس تقریر کا تجزیہ کرنے سے پہلے مناسب سمجھا کہ اُن کی دو ایک تقریریں اور سُن لی جائیں۔ چنانچہ جب ہمیں پتہ چلا وہ ایک مقامی کالج میں طلبہ سے خطاب کر رہے ہیں۔ ہم نے اُن کی یہ تقریر سننے کا تہیہ کیا۔ انہوں نے فرمایا "دوستو! عزیزو! رفیقو! ہم وطنو! آج تم پہ طرح طرح کے الزام تراشے جا رہے ہیں۔ تہمتیں لگائی جا رہی ہیں۔ کوسنے دیے جا رہے ہیں۔ کہا جا رہا ہے تم مغرور ہو۔ مقہور۔ بے شعور ہو۔ حالانکہ بات صرف اتنی ہے تم معذور اور مجبور ہو۔ ہم پوچھتے ہیں کون سی صدی اور کون سے ملک

میں طلبہ نے اپنے بزرگوں کے خلاف بغاوت کا علم بلند نہیں کیا انگلستان میں نہیں کیا۔ اسٹریلیا میں نہیں کیا۔ ایران میں نہیں کیا۔ لنکا میں نہیں کیا۔ افغانستان میں نہیں کیا۔ اگر یہ صحیح ہے ایسا ہر جگہ ہوا ہے۔ تو پھر صرف آپ ہی کو کیوں گردن زدنی ٹھہرایا جائے آپ ہی کو کیوں نشانۂ مشق بنایا جا رہا ہے۔ آپ ہی کو کیوں سُولی پر چڑھایا جا رہا ہے۔ سچ تو یہ ہے۔ اس عہد میں سب کچھ ہے پر انصاف نہیں ہے۔"

ایک اور تقریر انہوں نے ایک پبلک جلسے میں کی۔ جس میں سامعین کو آگاہ کرتے ہوئے کہا۔ "حضرات! کیا آپ جانتے ہیں ہمارے ملک میں پچھلے سال پانچ کروڑ سات لاکھ لیٹر شراب پی گئی۔ تین ارب اٹھانوے کروڑ پچاس لاکھ سیگرٹ پیئے گئے۔ چالیس لاکھ ٹن چائے نوش کی گئی۔ سات ارب اسی کروڑ انڈے کھائے گئے۔ ان اعداد و شمار سے صاف ظاہر ہے قوم کا اخلاق تباہ ہو چکا ہے۔ اخلاق تباہ ہو چکا ہے۔ اخلاق؟ کہاں ہے اخلاق؟ ہر طرف بد اخلاقی کا دَور دورہ ہے اب ذرا جرائم کے اعداد و شمار ملاحظہ فرمائیے۔ پانچ لاکھ سات ہزار چوری اور ڈاکے کی وارداتیں۔ چھیاسی ہزار نو سو ننانوے اغوا۔ ایک لاکھ تین ہزار دو سو قتل! کہاں ہیں اخلاق کے دعویدار اور ثنا خواں؟ کیا یہی وہ تمدن ہے جس کا ذکر کرتے وقت اُن کی گردنیں اکڑ جاتی ہیں۔ حالانکہ شرم سے سر جھک جانا چاہیئے!"

ہم نے جب ان تقریروں کا تجزیہ کیا تو اس نتیجے پر پہنچے کہ آغا صاحب والی بات پیدا کرنا ہمارے بس کی بات نہیں۔ وہ واقعی امام

فن ہیں۔ انہوں نے عوام کی نفسیات کا گہرا مطالعہ کیا ہے۔ وہ جانتے ہیں سامعین فرسودہ اشعار پسند کرتے ہیں، سُستی خطابت پر سر دھنتے ہیں اور فرضی اعداد و شمار پر فوراً ایمان لے آتے ہیں۔ اِن تینوں خوبیوں کو پیدا کرنے کے لئے ریاض کی ضرورت ہوتی ہے آغا صاحب نے بجا فرمایا تھا۔ ریاض کے بغیر کسی فن پر عبور حاصل کرنا ناممکن ہے!

کس طرح خوش رکھا جا سکتا ہے؟ بیوی کو

کچھ لوگ جو پیدائشی قنوطی یعنی نراشا وادی واقع ہوئے ہیں۔ وہ کہتے ہوئے سُنے جاتے ہیں۔ بیوی کس طرح بھی خوش نہیں رہ سکتی۔ چاہے شوہر اُسے بارہ مسالے کی چاٹ کھلائے یا اس کے لئے آسمان سے تارے توڑ کر لائے۔ خدا کا شکر ہے، ہم قنوطی نہیں۔ ہمارا خیال ہے بیوی کو خوش کیا جا سکتا ہے اور کیا گیا ہے۔ ضرورت صرف تھوڑی سی دانشمندی کی ہے۔ اگر شوہر یہ نکتہ سمجھ لے کر اُس کی بیوی بھی اُس کی طرح گوشت پوست کی بنی ہوئی ہے۔ اُس کے سینے میں دِل اور کھوپڑی میں دماغ ہے۔ وہ مٹی کی گڑیا نہیں اور نہ ہی موم کی ناک ہے جسے جدھر چاہو موڑ لو۔ تو گویا اُس نے بیوی کو خوش کرنے کی آدھی جنگ جیت لی۔ اور اگر وہ یاد رکھے کہ بیوی خُدا کی وہ حساس اور جذباتی مخلوق ہے، جس کے سکون کو شوہر کی ہلکی سے ہلکی بے رُخی تباہ کر سکتی ہے تو گویا اُس نے بیوی کو خوش کرنے کی ساری جنگ جیت لی۔

دراصل جب بیوی کی کسی معمولی سی فرمائش کو نظر انداز کیا جاتا ہے

وہ شوہر کو دل ہی دل میں مخاطب کرتے ہوئے کہتی ہے ؎

تو نے پھیری لاکھ نرمی سے نگاہ
دل کے آئینے میں بال آ ہی گیا

اِس لئے بیوی کو خوش کرنے کا پہلا گُر یہ ہے اُس کی معمولی فرمائشوں کو بھی پُورا کیا جائے اگر وہ ایک خاص قسم کا بٹوہ یا جوتا خریدنے پر اصرار کرتی ہے اُسے یہ کہہ کر منع نہ کیا جائے "آپ کے پاس پہلے ڈھیر سے بٹوے اور جوتے ہیں۔ اب اور خرید کر کیا کیجئے گا۔ کیا آپ کی دکان کھولنے کا ارادہ ہے۔" اسی طرح اگر وہ کہے آپ کی رسٹ واچ پرانی ہو گئی ہے اور وہ نئی رسٹ واچ لینا چاہتی ہے تو اُس سے یہ مت کہیئے "تنخواہ میں گھر کا گذارہ تو ہوتا نہیں نئی رسٹ واچ کے لئے پیسے کہاں سے آئیں گے آپ کی رسٹ واچ اچھی بھلی چنگی ہے بے شک صحیح وقت نہیں بتاتی۔ لیکن جو کچھ بھی بتاتی ہے۔ اس سے صحیح وقت کا اندازہ تو کیا جا سکتا ہے۔"

ایسا کہنا ایک بہت بڑا خطرہ مول لینے کے مترادف ہوگا۔ اِس لئے چاہے آپ کو قرض لینا پڑے یا اپنی رسٹ واچ فروخت کرنی پڑے آپ اُسے نئی رسٹ واچ خرید دیجئے۔

ہر ایک بیوی کو اپنے میکے سے بے پناہ عقیدت اور محبت ہوتی ہے اصل میں میکہ اُسے اپنی جان سے بھی عزیز ہوتا ہے۔ چاہے وہ میکے میں سوکھے ٹکڑے چبایا کرتی تھی اور سسرال میں پکوان کھا رہی ہے۔ وہ ہمیشہ یہ کہے گی میکے میں اُسے جو نعمتیں میسر تھیں وہ سسرال میں نہیں ملیں۔ حالانکہ یہ

یہ ایک قسم کی خود فریبی یا غلط فہمی ہے لیکن خیریت اسی میں ہے کہ بیوی کو اسی میں مبتلا رہنے دیا جائے ـــــــــــ اس لئے اگر وہ آپ پر محض رعب جمانے کے لئے کہے "میرے والد اور والدہ ضیافتوں پر روپیہ پانی کی طرح بہایا کرتے تھے" تو یہ جانتے ہوئے بھی کہ آپ کے سسر اور ساس کو خدا نے ساری عمر توفیق ہی کب دی وہ کسی کی ضیافت کر سکتے، بلکہ وہ دونوں تو ہمیشہ غیروں کی ضیافتیں اڑاتے رہے۔ آپ یہی کہیں "اس میں کوئی شک نہیں۔ انہیں روپے کی بجائے مہمانوں کی خاطر و تواضع زیادہ عزیز تھی۔" اگر وہ یہ انکشاف کرے "میرے بھائی جیسا نیک ایماندار اور شخص پیدا ہوا ہے نہ ہوگا۔" آپ اس کی تردید کرتے ہوئے یہ مت کہیں "میں نے اس جیسا بے وقوف بے ایمان اور بزدل شخص آج تک نہیں دیکھا۔" جب کبھی بیوی کو ضرورت سے زیادہ خوش کرنا مقصود ہو، اس کے میکے کی اتنی تعریف کرنی چاہیئے جتنی وہ خود بھی نہ کر سکتی ہو۔ چنانچہ اس کے میکے کی امارت، شرافت اور عظمت کے ایسے قصے گھڑیئے کہ بڑے سے بڑا افسانہ طراز بھی سنے تو دانتوں میں انگلیاں دبا کر رہ جائے۔

اگر یہ سوال کیا جائے، عورت سب سے زیادہ کیا پسند کرتی ہے۔ مختلف شوہر مختلف جوابات دیں گے۔ جوڑے میں لگانے کے لئے پھول، آئے دن ایک نئی ساڑھی سونے کا زیور۔ میاں آپ کا سامان جو درآمد کیا گیا ہو۔ یہ سب جوابات اپنی جگہ صحیح ہیں۔

لیکن صحیح ترین جواب یہ ہے۔ ستائش کے جملے!..... ایک سمجھدار شوہر نہ ہی ہے جو گلے ہے گلہ ہے بیوی سے سرگوشی کے انداز میں کہتا ہے "یہ درست ہے میرے پاس دولت نہیں۔ شہرت نہیں۔ کوٹھی نہیں۔ کار نہیں۔ پھر بھی خدا کا شکر بجالاتا ہوں کہ میرے پاس ایک خوبصورت، ذہین اور فرمانبردار بیوی تو ہے۔ یہ ایک ایسی نعمت ہے، جس پر ہزاروں نعمتیں قربان کی جا سکتی ہیں۔"

ستائش کے ان چند جملوں کو سن کر بیوی کا دل باغ باغ ہو جائے گا۔ اور وہ پہلے سے کہیں زیادہ شوہر کی خدمت کرے گی۔ ستائش کا ایک اور طریقہ اپنی بیوی کا دوسروں کی بیویوں سے موازنہ کرنا بھی ہے۔ مثلاً ہمارے پاس کی بیوی کو نہ کام کرنے کا طریقہ آتا ہے نہ بات کرنے کا سلیقہ، اتنی پھوہڑ واقع ہوئی ہے کہ گنوار سے گنوار عورت بھی اس سے زیادہ سمجھدار ہوگی۔ سچ ہے۔ اگر ہم نے پچھلے جنم میں موتی دان دیئے ہوتے تو ہمیں بھی اس قسم کی بیوی ملتی۔"

ستائش سے ملتا جلتا اور ایک حربہ ہے۔ جس کا استعمال بیوی کو خوش کرنے کے لئے کیا جا سکتا ہے اور وہ ہے جان بوجھ کر جھوٹ بولنا مثال کے طور پر اگر بیوی ہمسائی کو کالی ساڑھی پہنے ہوئے دیکھ کر سوال کرے۔ کیوں جی۔ اگر میں کالی ساڑھی پہنوں تو کیسی لگوں؟ تو آپ جان بوجھ کر جھوٹ بولتے ہوئے جواب دیں "آپ ایسے لگیں گی جیسے یک لخت قندیل میں شمع روشن ہو گئی ہے یا بادلوں میں مہتاب چمک۔

رہا ہے۔ اگر آپ نے صداقت سے کام لیتے ہوئے کہہ دیا۔ "ہمسائی تو گوری چٹی ہے۔ اُسے کالی ساڑی زیب نہیں دے گی تو اور کیسے دیگی۔ آپ سانولی رنگت کی ہیں۔ کالی ساڑھی پہن کر اماوس کی رات لگیں گی" وہ آپ کو ساری عمر معاف نہیں کرے گی۔ اِسی طرح جب وہ آپ سے پوچھے "یہ نیا شوٹ پہن کر میں کیسے لگتی ہوں؟ تو اس سوال کا جواب یہ نہیں " جیسی آپ پرانا سوٹ پہن کر لگتی ہیں،، بلکہ یہ ہے " ایک دم وحیدہ رحمان ،، اگر وہ ترمیم پیش کرے "وحیدہ رحمان نہیں شرمیلا ٹیگور!" تو آپ کہیں "بلاشک" کہتے ہیں۔ یا سٹائن بک کا دلائل اور غالب اپنی اپنی بیویوں کو کبھی خوش نہ کر سکے۔ کاش انہیں بیوی کو خوش کرنے کے یہ گر معلوم ہوتے اور وہ اپنی۔ ۔ ۔ ۔ ۔ ۔ ۔ ۔ جہنم کی بجائے جنت بنا سکتے۔

شوہر کو

آموں اور سانپوں کی طرح شوہروں کی بیشمار قسمیں ہوتی ہیں مثلاً شوہر جو بیوی کو زرخیز باندی سمجھتے ہیں۔ شوہر جو چنگیز خاں زیادہ اور شوہر کم ہوتے ہیں۔ شوہر جو بیوی کو پسند نہیں کرتے اُسے برداشت کرتے ہیں۔ ایک خاص قسم کے شوہر کو ایک خاص قسم کا فارمولا استعمال کر کے ہی خوش رکھا جا سکتا ہے۔ چنانچہ اگر کسی کا شوہر شاعر یا تک بند ہے تو اس کی بیوی کو ہر روز اس سے تازہ اشعار سنانے کی فرمائش کرنی چاہیئے اور اشعار کہتے ہی بے جان اور بے ہودہ

کیوں نہ ہوں اِتنی داد دینی چاہیے کہ وہ اُس ساری ندامت کو بھول جائے جو اُسے مشاعرہ میں غزل پڑھ کر اُٹھانا پڑی تھی۔ اِس کے برعکس اگر کسی کا شوہر بیوپاری ہے تو اس سے شعر سُنانے کی فرمائش کرنے کی بجائے گرم مسالے کا بھاؤ پوچھنا چاہیے۔ یا یہ سوال کرنا چاہیے کہ مونگ پھلی دہلی میں مہنگی اور لکھنؤ میں سستی کیوں ہے۔

تاہم چند باتوں میں تمام شوہر ایک جیسے ہوتے ہیں۔ مثلاً شوہر چاہے معمولی کلرک ہو چاہے بہت بڑا افسر۔ اور چاہے وہ دفتر میں وہ دفتر میں سارا دن گپیں ہانکے یا جھک مارے۔ اس کی دلی خواہش ہوتی ہے کہ جب وہ گھر لوٹے تو اُس کی بیوی اُسے دیکھ کر یہ سمجھے کہ وہ ازحد تھک گیا ہے۔ اس لئے اسے آرام کے علاوہ تفریح کی اشد ضرورت ہے۔ ایک سمجھدار بیوی یہ جانتے ہوئے بھی کہ اُس کا شوہر تھکا ہوا نہیں بلکہ تھکا ماندہ ہونے کی ایکٹنگ کر رہا ہے۔ اس کا استقبال ایک دلفریب مسکراہٹ کے ساتھ کرتی ہے اور فوراً گرم چائے کا پیالہ اُس کی خدمت میں پیش کرتے ہوئے کہتی ہے "معلوم ہوتا ہے آج آپ نے بہت کام کیا ہے۔ چائے پی کر لیٹ جائیے تاکہ میں آپ کا سر دبا دوں۔ اس کے برعکس ایک بے سمجھ بیوی شوہر کے گھر میں قدم رکھتے ہی فرمائشوں کی بوچھاڑ کر دیتی ہے۔ آٹا پسوا لائیے۔ بچے کو ڈاکٹر کے پاس لے جائیے۔ کوئلہ ختم ہو گیا ہے۔ ابھی لا کر دیجئے نہیں تو رات کو کھانا نہیں پکے گا۔ نتیجہ یہ ہوتا ہے کہ وہ چڑ جاتا ہے۔ اوّل تو کوئی فرمائش پوری

نہیں کرتا اور کرتا ہے تو بیدلی کے ساتھ۔

شوہر کو خوش رکھنے کے معاملے کوئی بیوی جاپانی بیوی کا مقابلہ نہیں کرسکتی۔ وہ جب خاوند کو اُداس اُداس یا کھویا کھویا سا دیکھتی ہے تو اُسے معقول رقم دے کر کسی "گیشیا" یعنی رقاصہ کے ہاں جانے کے لئے کہتی ہے جس کی صحبت میں چند لمحے گزارنے کے بعد شوہر اپنے آپ کو تازہ دم محسوس کرنے لگتا ہے۔ ایک ہندوستانی بیوی کو یہ طریقہ ہرگز استعمال نہیں کرنا چاہیئے۔ کیونکہ شوہر کو گیشیا کے گھر جانے کا چسکا پڑ جائے گا۔ اور وہ ہر شام شکایت کرے گا کہ آج پھر ضرورت سے زیادہ تھک گیا ہے۔

ہر ایک شوہر کی صفت بھونرے سے ملتی جلتی ہے۔ شادی ہونے کے کچھ عرصے بعد اُسے دوسروں کی بیویاں زیادہ خوبصورت لگنے لگتی ہیں۔ چنانچہ ایک دن وہ مسز اندو کے لمبے بالوں کی تعریف کرتا ہے تو دوسرے دن بیگم عندلیب کی آنکھوں کی اور کسی دن مسز نسیم کی آواز کی۔ ایک سمجھدار بیوی دوسری عورتوں کی تعریف سن کر بدظن نہیں ہوتی بلکہ مناسب موقع محل دیکھ کر شوہر کو مخاطب کرکے فیض احمد فیض کا یہ شعر پڑھ دیتی ہے۔

کئی بار اس کا دامن بھر دیا حسنِ دو عالم سے
مگر دل ہے کہ اس کی خانہ ویرانی نہیں جاتی

یا جب وہ اپنے شوہر کو کسی اور شوہر پر رشک کرتے ہوئے دیکھتی

ہے تو اُس کی آنکھوں میں آنکھیں ڈال کر کہتی ہے۔ پنڈت ہری چند اختر نے خوب کہا ہے ؎

زمانے کو کیا کیا دیا دینے والے
مگر ہم کو ٹرخا دیا دینے والے

قریب قریب ہر شوہر جس وقت کام پر جانے لگتا ہے اس پر غیر حاضر دماغی کا دورہ پڑتا ہے۔ چنانچہ کبھی وہ چلا کر پوچھتا ہے۔ میری عینک کہاں ہے؟ کبھی کہتا ہے۔ میرا قلم کدھر گیا؟ یا میری ٹوپی کون لے گیا؟" ایک اچھی بیوی ایک ہوشیار سراغ رساں کی طرح اپنے شوہر کی تمام کھوئی ہوئی چیزوں کو ڈھونڈھ کر لاتی ہے۔ وہ اُسے مطلع کرتی ہے کہ اس کی عینک باتھ روم میں پڑی ہوئی ہے۔ اس کا قلم میز کے نیچے گرا پڑا ہے۔ میز کے اوپر نہیں ہے۔ اور اُس کی ٹوپی اُس کے سر پر ہے۔

ایک ہوشیار بیوی یہ بھی جانتی ہے کہ چاہے گھر میں کتنے ہی ضدی بچے ہوں لیکن گھر میں سب سے زیادہ ضدی بچہ شوہر ہی ہوتا ہے وہ عموماً ضد کی شروعات اُس وقت کرتا ہے جب باقی بچے ضد کرنے کے بعد سو جاتے ہیں حالانکہ اس کی ضد نہایت نامعقول قسم کی ہوتی ہے۔ لیکن ایک تجربہ کار بیوی یہ سمجھتے ہوئے کہ یہ "بال ہٹ" ہے۔ اسے پوری کرنے میں خیریت سمجھتی ہے۔ اس کے برعکس ایک ناتجربہ کار بیوی وہ ہنگامہ برپا کرتی ہے کہ بیچارے شوہر کی زبان پر بے اختیار امیر مینائی کا یہ شعر آجاتا ہے۔

دِن نہیں ، رات نہیں، صبح نہیں، شام نہیں
رہ گئی ایک نہیں، ہاں کا کبھی نام نہیں

دراصل شوہر کو خوش رکھنا ایک آرٹ ہے اور اگر بیوی کو یہ آرٹ نہیں آتا تو اُسے یہ سمجھ لینا چاہیئے کہ اُسے کچھ بھی نہیں آتا۔ یعنی بی اے یا ایم اے ہونے کے باوجود وہ اَن پڑھ ہے۔ اُسے اِس مختصر مضمون کو غور سے پڑھنا چاہیئے۔ البتہ اگر خوش قسمتی سے اس کا شوہر زن مرید ہے تو پھر اُسے اِس مضمون میں بتائے گئے نسخوں کو استعمال کرنے کی ضرورت نہیں کیونکہ اُس بھلے مانس کو تو صرف آنکھیں دکھا کر یا ایک ہلکی سی دھمکی دے کر ہی سیدھی راہ پر لایا جا سکتا ہے۔

••

حاذق صاحب

نام تو اُن کا کچھ اور ہے لیکن ہم سب اُنہیں حاذق صاحب کہتے ہیں۔ اور یہ مناسب بھی ہے۔ آخر جس شخص کا پیشہ سات پشت سے "حکمت" رہا ہو اسے حاذق نہ کہا جائے تو اور کیا کہا جائے۔ حاذق صاحب کا دعوےٰ ہے کہ اُنھوں نے علمِ طب کا باقاعدہ مطالعہ کسی مکتب۔ کالج یا یونیورسٹی میں نہیں کیا۔ اِس کے باوجود وہ یونانی حکیم جالینوس کے بعد سب سے بڑے حکیم حاذق ہیں۔ اکثر بڑے فخر کے ساتھ فرمایا کرتے ہیں: "ہمیں علمِ طب ورثہ میں ملا ہے۔ خدا بخشے پڑدادا جان مرحوم کو ہر مرض کا علاج جامن کی گٹھلی سے کیا کرتے تھے۔ پیچش کے لئے گٹھلیوں کا جوشاندہ تجویز کرتے۔ مرگی کے مریض کو گٹھلیوں کا سفوف سنگھایا کرتے۔ نقرس کے روگی کو صبح و شام ایک ایک گٹھلی بکری کے دودھ کے ساتھ لینے کے لئے کہتے۔ اُن کی رائے میں گٹھلی کی وہی حیثیت تھی جو ایلوپیتھی میں وٹامن کے کیپسول کی ہوتی ہے۔ بلکہ وہ تو یہاں تک کہتے تھے گٹھلی کو دیکھ کر ہی کیپسول کی ایجاد کی گئی۔

دادا جان مرحوم ہر مرض کا علاج ہینگ سے کرتے تھے۔ اُن کا

خیال تھا۔ ہینگ ایک سو ایک امراض کا علاج ہے۔ اگر کوئی شخص چار رتی ہینگ روزانہ پھانک لیا کرے تو وہ سو سال تک زندہ رہ سکتا ہے۔ اُنہوں نے خود اِسّی برس کی عُمر پائی کیونکہ اٹھاسی برس کے بعد اُنہوں نے ہینگ کا استعمال ترک کر دیا تھا۔ والد صاحب مرحوم لہسن کو اکسیر اعظم تصوّر کرتے تھے۔ اُن کے مطب میں اس کے علاوہ کوئی اور دوا نہ تھی درد سر سے لے کر جتنے امراض ہیں۔ اُن کا واحد علاج لہسن تھا۔

چونکہ حاذق صاحب نے اپنے بزرگوں سے بہت کچھ سیکھا ہے اس لیئے اُنہوں نے جامن کی گٹھلی، ہینگ اور لہسن کے مرکب سے ایک نئی دوا تیار کی ہے جس کا نام "معجون حاذق" رکھا ہے۔ پچھلے پچیس برس سے وہ یہ معجون اپنے مریضوں کے لیئے تجویز کر رہے ہیں۔ لاعلاج سے علاج مرض کے لیئے یہ معجون اکسیر ثابت ہوئی ہے یہاں تک کہ وہ مریض بھی جن کا معائینہ کرنے کے بعد ڈاکٹروں نے رشتے داروں کو صبر اور مریض کو وصیت کرنے کی تلقین کی تھی۔ معجون حاذق کی صرف ایک خوراک کھانے کے بعد چار پائی سے چھلانگ لگا کر اُٹھ کھڑے ہوئے اور جو کہا جاتا ہے۔ ایک دفعہ مراد آباد میں مردہ زندہ ہو گیا تھا۔ یہ معجزہ بھی معجون حاذق کی بدولت رونما ہوا تھا۔

حاذق صاحب کو ایلوپیتھی سے خدا واسطے کا بیر ہے۔ وہ اس کا ذکر بڑے حقارت آمیز لہجے میں کیا کرتے ہیں۔ اُن کی دانست میں سب ایلوپیتھک دوائیں زہر ہوتی ہیں اور زہر سے مرض کا علاج حماقت

ہی نہیں بلکہ پاگل پن ہے یہی وجہ ہے آج کل اتنے مریض امراض سے نہیں مرتے جتنے علاج سے حاذق صاحب کا یہ بھی خیال ہے الرجی نام کی کوئی چیز نہیں۔ دراصل جب ایلوپیتھک ڈاکٹر مرض کی تشخیص کرنے میں ناکام رہتے ہیں تو اپنی خفت مٹانے کے لئے الرجی کا سہارا لیتے ہیں۔ اگر الرجی کا علاج پوچھو تو بغلیں جھانکنے لگتے ہیں۔ یا دو ایک اوٹ پٹانگ دوائیں تجویز کر دیتے ہیں۔ جب اُن سے فائدہ نہیں ہوتا تو کہتے ہیں۔ آپکی الرجی لاعلاج ہے بھلا کوئی ان سے پوچھے۔ اگر آپ مریض کا علاج نہیں کر سکتے پھر آپ کس مرض کی دوا ہیں۔

حاذق صاحب میں یہ وصف ہے وہ کسی مرض کو لاعلاج نہیں سمجھتے جب کوئی مریض انہیں بتاتا ہے۔ فلاں ڈاکٹر نے جواب دے دیا ہے۔ وہ اُس ڈاکٹر کو بے نقط سنانے کے بعد کہتے ہیں۔ بھلا اُس جاہل کو کیا پتہ تشخیص کس چیز کا نام ہے۔ آپ کو دمہ ہرگز نہیں، آپ کا صرف جگر خراب ہے۔ آپ تین ماہ معجون حاذق استعمال کیجئے۔ آپ تندرست ہو جائیں گے۔ حاذق صاحب کی رائے میں ہر ایک مرض کے لئے جگر کی خرابی کو ذمہ دار ٹھہرایا جا سکتا ہے۔ چنانچہ جس شخص کے کان میں درد ہے۔ اس کا جگر خراب ہے اور جو مریض داڑھ کے درد میں مبتلا ہے۔ اُسے داڑھ نکلوانے کی بجائے جگر کا علاج کرنا چاہیئے۔ حاذق صاحب دانت نکلوانے کے سخت خلاف ہیں۔ دلیل وہ یہ دیتے ہیں۔ اگر آنکھ دُکھتی ہو تو آپ کو کوئی یہ مشورہ نہیں دے گا، آنکھ نکلوا دیجئے۔ پھر دانت نکلوانے کا مشورہ کیوں

دیا جاتا ہے۔ اِسی لیے تاکہ آنکھیں صرف دو ہیں اور دانت بتیس ہیں۔

حاذق صاحب اکثر فرمایا کرتے ہیں۔ جو مریض معجون حاذق استعمال کرنے کے بعد بھی مرض سے نجات نہیں پاسکتا وہ اس ڈھیٹ کی طرح ہے جس نے مسیح کو مخاطب کر کے یہ شعر پڑھا تھا:۔

عِلاج دردِ دل تم سے مسیحا ہو نہیں سکتا
تُم اچھا کر نہیں سکتے میں اچھا ہو نہیں سکتا

حاذق صاحب کے اکثر مریض جانبر نہیں ہوتے۔ لیکن اِس میں اُن کا کوئی قصور نہیں۔ خدا کی مرضی میں کون دخل دے سکتا ہے۔ حاذق جب کسی مریض کے اللہ کو پیارے ہو جانے کی خبر سنتے ہیں اُنھیں بے اختیار یہ شعر یاد آجاتا ہے:۔

کہا اُس بُت سے مرتا ہوں، تو مومن
کہا مَیں کیا کروں مرضی خدا کی

مناسب ہوگا اگر یہاں بتا دیا جائے کہ وہ مرض کی تشخیص کس طرح کرتے ہیں۔ ایک شخص جسے ہائی بلڈ پریشر کی شکایت تھی۔ اُن سے مشورہ کرنے کے لئے آیا۔ اُس نے حاذق صاحب کو بتایا کہ ڈاکٹروں نے اُسے نمک اور چربی والی غذا کو ترک کر دینے کے لئے کہا ہے۔ یہ سُن کر حاذق صاحب آپے سے باہر ہو گئے اور ڈاکٹر کو جاہل بیوقوف اور نا اہل کہنے کے بعد فرمایا "آپ کو خواہ مخواہ گمراہ کیا جا رہا ہے۔ آپ جتنا نمک کھانا چاہیں، کھا سکتے ہیں۔ اگر نمک کھانے سے بلڈ پریشر ہو جاتا

تو تمام لوگ اس مرض میں مبتلا ہو جاتے ___ رہی چربی والی غذا تو یہ اگر نہ کھائی جائے، اِنسان روز بروز کمزور ہوتا جاتا ہے۔ اور آخر ایک دن یہ کمزوری ہلاکی لیوا ثابت ہوتی ہے۔ اُن کے مشورے پر عمل کرتے ہوئے وہ شخص نمک اور چربی والی غذا کھاتا رہا۔ نتیجہ یہ ہوا دو ماہ کے بعد چل بسا حاذق صاحب کو اب بھی خیال ہے اس کی موت بلڈ پریشر کی وجہ سے نہیں ہوئی بلکہ اس کا جگر خراب تھا۔

ایک اور مریض جو دِل کی بیماری مبتلا تھا، حاذق صاحب کی خدمت میں حاضر ہوا اور درخواست کی کہ اس مرض کے علاج کے لیے کوئی آزمودہ نسخہ بتائیں۔ حاذق صاحب نے اُن کا طبی معائنہ کرنے کے بعد انکشاف کیا اُسے دِل کی بیماری ہرگز نہیں بدہضمی کی شکایت ہے۔ جس کا واحد علاج معجون حاذق ہے۔ اُنہوں نے مریض کو اس دوا کا ایک ایک تولہ بھینس کے دُودھ کے ساتھ صبح و شام لینے کے لئے کہا تین ہفتوں کے بعد اس کی موت ہوگئی۔ حاذق صاحب کو جب پتہ چلا تو بڑی سنجیدگی کے ساتھ کہا: "یا تو وہ دوا بھینس کے دُودھ کے ساتھ لیتا نہیں رہا ___ یا جس بھینس کے دودھ کے ساتھ لیتا تھا وہ بیمار تھی۔ بہرحال اس میں معجونِ حاذق کا کوئی قصور نہیں ___ اُن جراثیم کا قصور ہے جو بھینس کے دُودھ میں پائے جاتے ہیں

خدا حکیم حاذق صاحب کو خوش رکھے اس زمانے میں جب،

کر قابل حکیم کمیاب بلکہ نایاب ہوتے جا رہے ہیں اُن کا دم غنیمت ہے کیونکہ ہے قبرستانوں کی ساری رونق اُن کے دم قدم سے ہے جس دِن وہ چل بسے قبرستان ویران ہو جائیں گے۔

ریٹائرڈ لوگ

عام آدمیوں کی طرح ہم بھی سمجھتے تھے ایک ریٹائرڈ شخص کو کوئی نہیں پوچھتا۔ جب ہم خود ملازمت سے فارغ ہوئے تو پتہ چلا ریٹائرڈ آدمی کو اور کوئی پوچھے یا نہ پوچھے باقی ریٹائرڈ لوگ ضرور پوچھتے ہیں۔

ریٹائرڈ ہونے کے بعد پہلا دِن تھا کہ ایک بزرگ لاٹھی ٹیکتے ہوئے تشریف لائے اور ہمیں یہ مژدہ سُنایا کہ ہم بھی اُن کی برادری میں شامل ہو گئے ہیں۔ ہمیں اِس اطلاع سے کوئی خاص مسرت نہیں ہوئی۔ کیونکہ ان کی جسمانی حالت نہایت قابلِ رحم تھی اور ساگر ایسی برادری کو دُور سے ہی سلام کرنے میں خیریت تھی۔ ہم نے رسمی طور پر اُن کی تشریف آوری کا شکریہ ادا کیا۔ وہ ہمارے ساتھ صوفے پر بیٹھ کر ہر چیز کو گھور گھور کر دیکھنے لگے۔ معلوم ہوتا تھا ان کی بینائی نہایت کمزور ہے۔ اس لئے اُنہیں ہر چیز پر کسی اور چیز کا گمان ہوتا ہے۔ ایش ٹرے کو دیکھ کہنے لگے۔ آپ کی یہ دوات بڑی خوبصورت ہے یہ آپ نے کہاں سے لی۔ دیوار پر ٹنگی ہوئی مشہور شاعر کی تصویر کی طرف اشارہ کرتے ہوئے کہا اچھا تو یہ

دارا سنگھ پہلوان ہے سنا ہے آج کل اُس نے پہلوانی ترک کر دی ہے اور فلمیں بنا رہا ہے۔ آتشدان پر رکھی ہوئی ہماری فوٹو کو ملاحظہ کرنے کے بعد فرمایا۔ یہ شخص ضرور آپ کے کوئی بزرگ ہو گذرے ہیں۔ کیونکہ اِن کی شکل آپ سے کافی ملتی جلتی ہے جب سب چیزوں کو گھور گھور کر دیکھنے کے بعد تھک سے گئے تو دو ایک بار کھانس کر گلا صاف کیا۔ اور اللہ کا نام لے کر اپنی تقریر کا آغاز کر دیا۔ اُن کی تقریر سن کر محسوس ہوا۔ عورت کے علاوہ ریٹائرڈ شخص ہی وہ خدا کا بندہ ہے جو ہر موضوع پر فی البدیہہ تقریر کر سکتا ہے اور بعض اوقات تو موضوع کے بغیر بھی بے تکان بول سکتا ہے۔ ویسے تو اُنہوں نے اپنی تقریر میں سینکڑوں کارآمد نکتے بیان کیے۔ لیکن اُن کے کچھ اقوال تو موتیوں میں تولنے کے قابل تھے۔ فرمایا۔ موت کی طرح ریٹائرمنٹ بھی ناگزیر ہے۔ خوش قسمت ہیں وہ لوگ جو ریٹائر ہونے سے پہلے مر جاتے ہیں۔ اُن سے ذرا کم خوش قسمت وہ ہیں جو ریٹائر ہونے کے دو چار ماہ بعد چل بستے ہیں۔ وہ اشخاص واقعی بہت بدقسمت ہیں جو ملازمت سے تو ریٹائر ہو جاتے ہیں۔ لیکن زندگی سے ریٹائر ہونے کا نام نہیں لیتے ———

ایک ریٹائرڈ آدمی کا حافظہ جتنا کمزور رہے گا اتنا ہی وہ خوش رہے گا۔ ورنہ جب کبھی اُسے اپنے شاندار ماضی کی یاد آئے گی۔

دِل تھامتا ہے اور ہال پوری کا یہ شعر اُس کو تڑپا کر رہ جائے گا ؎

بہارِ عہدِ ماضی کے ابھی نقشے ہیں نظروں میں   چمن تو لٹ گیا لیکن چمن کی یاد آتی ہے

دراصل اُسے تو غالبؔ کی طرح یہ دعا مانگنی چاہیئے ؎

یاد ماضی عذاب ہے یارب   چھین لے مجھ سے حافظہ میرا

ایک ریٹائرڈ آدمی کو نوجوانوں کی صحبت سے احتراز کرنا چاہیئے۔ ورنہ اس پر پھبتی کسی جائے گی۔ کہ وہ سینگ کٹوا کر بچھڑوں میں شامل ہونے کی کوشش کر رہا ہے۔ اُس کے لیئے یہ بھی ضروری ہے وہ اپنے چھوٹوں سے کبھی توقع نہ کرے کہ وہ اُس کی عزت کریں گے۔ اِسے ہی غنیمت سمجھے کہ وہ اِس کا مذاق نہیں اڑاتے۔

اگلے وقتوں میں ریٹائر ہو کر لوگ سماج کی خدمت کیا کرتے تھے آج کل ایسا کرنا دانشمندی کے خلاف ہے۔ سماج اتنا بگڑ چکا ہے کہ اُسے کوئی ٹھیک نہیں کر سکتا آج کل تو یہی بہتر ہے ایک ریٹائرڈ آدمی ہم جنسوں کے ساتھ تاش یا شطرنج کھیلے، اخبار پڑھے۔ خبروں پر تبصرہ کرے۔ اور سماج کو اُس کے حال پر چھوڑ دے۔

اُنہوں نے تقریر کی تان اِس فقرے پر توڑی مانسرور پارک میں ہر روز ریٹائرڈ آدمی وقت گذارنے کے لئے اکٹھے ہوتے ہیں۔ اس لئے ہم کل سے وہاں جایا کریں۔ ہم نے یہ سمجھتے ہوئے، وہاں وقت اچھی طرح گذرے گا ریٹائرڈ آدمیوں کی کلب میں شامل ہونا منظور کر لیا۔

دوسرے دن ہم نے مانسرور پارک میں جا کر دیکھا ریٹائرڈ آدمیوں کی ایک فوج ظفر موج ہے جس نے پارک کے ایک بہت

بڑے سے چھتے پر قبضہ کر رکھا ہے۔ اِس میں ہر قسم کے لوگ شامل ہیں۔ وہ جو حد سے زیادہ ضعیف ہیں اور قبر میں پاؤں لٹکائے ہوئے بیٹھے ہیں وہ جو کسی بیماری کی وجہ سے اتنے کمزور ہو گئے ہیں۔ کہ معلوم ہوتا ہے قبر میں سے نکل کر آئے ہیں۔ ہم ایک بزرگ کے پاس بیٹھ گئے اور بڑے ادب کے ساتھ پوچھا: "کہیئے مزاج کیسا ہے!"، وہ کافی اونچا سُنتے تھے، کہنے لگے: "ہاں موسم تو بہت اچھا ہے!" ہم نے ذرا اونچی آواز میں دُہرایا: "آپ کا مزاج کیسا ہے"، گنگنانے کے انداز میں بولے: "سر تسلیم خم ہے جو مزاج یار میں آئے!" دو منٹ کے وقفہ کے بعد ہم نے اُن کی توجہ پارک میں اُگے ہوئے پھولوں کی طرف دلاتے ہوئے کہا۔ "بہت خوبصورت پھول ہیں"، اُنہوں نے حیران ہو کر کہا۔ پھول کہاں ہیں۔ مجھے تو ایک بھی پھول نظر نہیں آتا۔ بعد میں پتہ چلا کہ اُن کی دونوں آنکھوں میں موتیا بند ہے۔ اس لئے اُنہیں دُور کی کوئی چیز نظر نہیں آتی۔ ہم وہاں سے اُٹھ کر ایک اور بزرگ کے قریب جا بیٹھے۔ وہ کسی کتاب کا مطالعہ کر رہے تھے ہم نے دریافت کیا "یہ کونسی کتاب ہے؟" بولے: "دیوگ وششٹ ہے"، ہم نے پوچھا۔ "اس میں جو کچھ لکھا ہے کیا وہ آپ کی سمجھ میں آجاتا ہے"۔ فرمایا: "سمجھ میں آئے نہ آئے وقت تو کٹ جاتا ہے۔ ہم نے عرض کی۔ "کچھ ہمیں بھی بتلایئے"۔ کہنے لگے" یہ چیزیں بتانے کی نہیں ہوتیں۔ اگر آپ کو اتنا ہی شوق ہے تو یہ کتاب خرید لیجیئے۔"

ہم اپنا سا منہ لے کر رہ گئے۔ اب ہم نے ایک اور شخص کو جو اخبار پڑھ رہا تھا۔ مخاطب کرتے ہوئے پوچھا۔ "کہیئے تازہ خبر کیا ہے؟" اُنہوں نے اپنی عینک کے موٹے موٹے شیشوں میں سے ہمیں گھور کر دیکھا۔ اور پھر بولے۔ "یہ پرسوں کا اخبار ہے۔ اِس میں تازہ خبر تلاش کرنا بے سود ہے ۔۔۔ اگر آپ ضروری تازہ خبر جاننا چاہتے ہیں تو آج کا اخبار پڑھئے۔"

اِن تینوں حضرات سے مل کر اتنی مایوسی ہوئی کہ ہم گھر لوٹ آئے دو ایک دن پارک میں نہ گئے۔ پھر ایک دِن یہ سوچتے ہوئے کہ شاید آج بہتر قسم کے لوگوں سے مُلاقات ہو۔ ہم نے وہاں جانے کا فیصلہ کیا۔ اُس دِن ریٹائرڈ لوگ مختلف گروہوں میں بیٹھے ہوئے تھے۔ ایک گروہ اِس مسئلہ پر بحث کر رہا تھا۔ نئی نسل ایک دم بے راہ روی کا شکار ہو گئی ہے۔ والدین سے ڈرنے کی بجائے اُنہیں ڈراتی ہے۔ دُوسرا گروہ اِس بات کی چھان پھٹک کر رہا تھا کہ جوڑوں کے درد کی بہترین دوا کون سی ہے۔ تیسری ٹولی اِس امر کی شکایت کر رہی تھی۔ بہوئیں بڑی ظالم ہو گئی ہیں بوڑھے سُسر اور ساس کی خدمت نہیں کرتیں۔ چوتھی جماعت اُس زمانے کا ذکر کر رہی تھی۔ جب خالص گھی ایک روپیہ فی سیر بکا کرتا تھا اور جب چائے کی بجائے لوگ لسّی پیا کرتے تھے۔

قریب قریب سب لوگ اِس بات پر متفق تھے کہ گزرا ہُوا زمانہ بے نظیر تھا۔ تب نوجوان والدین کی عزت کیا کرتے تھے۔ لوگ جوڑوں کے

درد میں مبتلا نہیں ہوتے تھے۔ بہوئیں بڑی سعادت مند ہوا کرتی تھیں۔

جب ہم نے ڈرتے ڈرتے اپنی رائے کا اظہار کیا کہ جب سے دُنیا وجود میں آئی ہے بڑے بوڑھے اور بزرگ قسم کے لوگ یہی کہتے آئے ہیں۔ تمام سامعین پنجے جھاڑ کر ہمارے پیچھے پڑ گئے اور ہمیں اُن سے یہ کہہ کر پیچھا چھڑانا پڑا۔ ہم نے یہ بات یونہی مذاق میں کہی تھی۔

وُہ دن اور آج کا دن۔ ہم مان سرور پارک میں نہیں گئے۔ اب ہمارا یقین روز بروز پختہ ہوتا جا رہا ہے کہ ریٹائرڈ ہونے کے بعد آدمی گھر سے باہر نہ نکلے اور اگر اسے نکلنا ہی پڑے تو مانسرور پارک کی بجائے کسی ایسے صحرا کا رُخ کرے جہاں اُس کے سوا کوئی نہ ہو۔ وہاں کسی کھجور کے درخت کے نیچے بیٹھ کر کسی دلچسپ کتاب کا مطالعہ کرے۔ اور جب پڑھتے پڑھتے تھک جائے تو یہ شعر گنگنائے ؎

سمجھ کر رکھیو قدم دشتِ خارِ مجنوں\
کہ اس نواح میں سودا برہنہ پا بھی ہے

غالب کے دو سوال

آخر اس درد کی دوا کیا ہے

ایک دن مرزا غالب نے مومن خاں مومن سے پوچھا "حکیم صاحب! آخر اس درد کی دوا کیا ہے؟" مومن نے جواب میں کہا "مرزا صاحب! اگر درد سے آپ کا مطلب داڑھ کا درد ہے۔ تو اس کی کوئی دوا نہیں۔ بہتر ہوگا۔ آپ داڑھ نکلوا دیجئے۔ کیونکہ ولیم شیکسپیر نے کہا ہے۔ وہ فلسفی ابھی پیدا نہیں ہوا۔ جو داڑھ کا درد برداشت کر سکے۔"

مرزا غالب نے حکیم صاحب کی سادہ لوحی سے لطف اندوز ہوتے ہوئے فرمایا "میری مراد داڑھ کے درد سے نہیں۔ آپ کی دعا سے ابھی میری تمام داڑھیں کافی مضبوط ہیں۔"

"تو پھر شاید آپ کا اشارا دردِ سر کی طرف ہے۔ دیکھئے مرزا صاحب حکما نے دردِ سر کی درجنوں قسمیں گنوائی ہیں۔ مثلاً آدھے سر کا درد۔ سر کے پچھلے حصے کا درد۔ سر کے اگلے حصے کا درد۔

سر کے درمیانی حصّے کا درد۔ اِن میں ہر درد کے لئے ایک خاص بیماری ذمہ دار ہوتی ہے مثلاً اگر آپ کے سر کے درمیانی حصّہ میں درد ہوتا ہے تو ممکن ہے آپ کے دماغ میں رسولی ہو۔ اگر کنپٹیوں پر ہوتا ہے تو ہوسکتا ہے آپ کی بینائی کمزور ہو گئی ہو۔ دراصل دردِ سر کو مرض نہیں مرض کی علامت سمجھا جاتا ہے۔"

"بہرحال چاہے یہ مرض ہے یا مرض کی علامت، مجھے درد کی شکایت نہیں ہے۔"

"پھر آپ ضرور دردِ جگر میں مبتلا ہو گئے ہیں آپ نے اپنے کچھ اشعار میں اس کی طرف اشارہ بھی کیا ہے۔

مثلاً:۔

یہ خلش کہاں ہوتی جو جگر کے پار ہوتا

یا

حیراں ہوں روؤں دِل کو یا پیٹوں جگر کو میں

مرزا صاحب۔ حکمانے اِس مرض کے لیے "پپیتا"، کو اکسیر قرار دیا ہے۔ کسی تک بندر نے کیا خوب کہا ہے:۔

جگر کے فعل سے اِنساں ہے جیتا
اگر ضعفِ جگر ہے کھا پپیتا

"آپ کا یہ قیاس بھی غلط ہے۔ میرا آج تک اس مرض واسطے نہیں پڑا۔"

" تو پھر آپ اس شاعرانہ مرض کے شکار ہوگئے ہیں جسے دردِ دل کہا جاتا ہے اور جس میں ہونے کے بعد میر کو کہنا پڑا تھا :-

اُلٹی ہو گئیں سب تدبیریں کچھ نہ دوا نے کام کیا
دیکھا اِس بیماریٔ دِل نے آخر کام تمام کیا

معلوم ہوتا ہے اُس ڈومنی نے جس پر مرنے کا آپ نے اپنے ایک خط میں ذکر کیا ہے آپ کو کہیں کا نہیں رکھا "

" واہ حکیم صاحب! آپ بھی دوسروں کی طرح میری باتوں میں آگئے - اجی قبلہ کیسی ڈومنی اور کہاں کی ڈومنی وہ تو میں نے یونہی مذاق کیا تھا - کیا آپ واقعی مجھے اتنا سادہ لوح سمجھتے ہیں کہ مُغل زادہ ہو کر میں ایک ڈومنی کی محبت کا دم بھرونگا - دِلّی میں مغل زادیوں کی کمی نہیں - ایک سے ایک حسین و جمیل ہے - اُنہیں چھوڑ کر ڈومنی کی طرف رجوع کرنا بالکل ایسا ہے جیسا کہ آپ نے اپنے شعر میں بیان کیا ہے :-

اللہ رے گمرہی! بُت و بتخانہ چھوڑ کر
موتمن چلا ہے کعبہ کو اِک پارسا کے ساتھ

" خدا نخواستہ کہیں آپ کو جوڑوں کا درد تو نہیں - دائمی زکام کی طرح یہ مرض بھی اتنا ڈھیٹ ہے کہ مریض کی ساری عمر جان نہیں چھوڑتا - بلکہ کچھ مریض تو مرنے کے بعد بھی قبر میں اس کی شکایت کرتے سُنے گئے ہیں - عموماً یہ مرض جسم میں تیزابی مادہ کے زیادہ ہو جانے سے ہوتا ہے - "

"تیزابی مادہ کو ختم کرنے کے لئے ہی تو میں ہر روز تیزاب یعنی شراب پیتا ہوں۔ ہومیوپیتھی کا اصول ہے کہ زہر کا علاج زہر سے کیا جانا چاہیئے۔ خُدا جانے یہ سچ ہے یا جھوٹ، لیکن یہ حقیقت ہے کہ شراب نے مجھے اب تک جوڑوں کے درد سے محفوظ رکھا ہے۔"

"پھر آپ یقیناً دردِ گردہ میں مبتلا ہیں۔ یہ درد اتنا ظالم ہوتا ہے کہ مریض تڑپ تڑپ کر بے حال ہو جاتا ہے۔"

"میرے گُردے ابھی تک سلامت ہیں شاید اس لئے کہ میں بڑے دِل گُردے کا انسان ہوں۔"

"اگر یہ بات ہے تو پھر آپ کو محض وہم ہو گیا ہے کہ آپ کو درد کی شکایت ہے اور وہم کی دوا نہ لقمان حکیم کے پاس تھی نہ حکیم مومن خاں مومنؔ کے پاس ہے۔"

"قبلہ میں اُس درد کا ذکر کر رہا ہوں جسے عرفِ عام میں "زندگی" کہتے ہیں۔"

"اچھا زندگی! اِس کا علاج تو بڑا آسان ہے ابھی عرض کیئے دیتا ہوں۔"

"ارشاد"

"کِسی شخص کو بچھوؔ نے کاٹ کھایا۔ درد سے بلبلاتے ہوئے اُس نے ایک بزرگ سے پوچھا۔ اِس درد کا بھی کوئی علاج ہے۔ بزرگ نے فرمایا۔" ہاں ہے اور وہ یہ کہ تین دِن چیختے اور چلّاتے

رہو۔ جھٹ سے دل درد خود بخود کافور ہو جائے گا۔"

"سبحان اللہ! حکیم صاحب آپ نے تو گویا میرے شعر کی تفسیر کر دی"

"کون سے شعر کی قبلہ؟"

"اس شعر کی قبلہ:

غمِ ہستی کا اسد کس سے ہو جز مرگ علاج
شمع ہر رنگ میں جلتی ہے سحر ہونے تک

نیند کیوں رات بھر...

ایک مرتبہ۔ مرزا غالب نے شیخ ابراہیم ذوق سے کہا "شیخ صاحب! نیند کیوں رات بھر نہیں آتی؟" ذوق نے مسکرا کر فرمایا۔ ظاہر ہے جس کمرے میں آپ سوتے ہیں وہاں اتنے مچھر ہیں کہ وہ رات بھر آپ کو کاٹتے رہتے ہیں۔ اس حالت میں نیند آئے بھی تو کیسے؟ معلوم ہوتا ہے۔ یا تو آپ کے پاس مسہری نہیں اور اگر ہے تو اتنی بوسیدہ کہ اس میں سے مچھر اندر گھس آتے ہیں۔ میری مانئے تو آج ایک نئی مسہری خرید لیجیے۔"

غالب نے ذوق کی ذہانت میں حسبِ معمول اعتماد نہ رکھتے ہوئے جواب دیا "دیکھیے صاحب! آخر ہم مغل زادے ہیں اب اتنے گئے

گزرے کبھی نہیں کہ ہمارے پاس ایک ثابت وسالم مسہری کبھی نہ ہو۔ اور جہاں تک کمرے میں مچھروں کے ہونے کا سوال ہے۔ ہم دعوے سے کہہ سکتے ہیں۔ جب سے ڈی۔ ڈی۔ ٹی چھڑکوائی ہے۔ ایک مچھر بھی نظر نہیں آتا۔ بلکہ اب تو مچھروں کی گنگناہٹ سننے کے لیے ہمسائے کے ہاں جانا پڑتا ہے۔"

"تو پھر آپ کے پلنگ میں کھٹمل ہوں گے۔"

"کھٹملوں کے مارنے کے لیے ہم پلنگ پر گرم پانی انڈیلتے ہیں بستر پر کھٹمل پاؤڈر چھڑکتے ہیں۔ اگر پھر بھی کوئی کھٹمل بچ جائے تو وہ ہمیں اس لیے نہیں کاٹتا کہ ہمارے جسم میں اب لہو کتنا رہ گیا ہے۔ خدا جانے پھر نیند کیوں نہیں آتی۔"

"معلوم ہوتا ہے آپ کے دماغ میں کوئی اُلجھن ہے۔"

"بظاہر کوئی اُلجھن نظر نہیں آتی۔ آپ ہی کہیے بھلا مجھے کونسی اُلجھن ہو سکتی ہے۔" "گستاخی معاف! سنا ہے آپ ایک ڈومنی پر مرتے ہیں۔ اور آپ کو ہماری بھابی اس لیے پسند نہیں کیونکہ اُسے آپ کے طور طریقے ناپسند ہیں۔ ممکن ہے آپ کے تحت الشعور میں یہ مسئلہ چٹکیاں لیتا رہتا ہو آیا اُمراؤ بیگم کو طلاق دی جائے یا ڈومنی سے قطع تعلق کر لیا جائے۔"

"واللہ! شیخ صاحب۔ آپ کو بڑی دُور کی سوجھی! ڈومنی سے ہمیں ایک شاعرانہ قسم کا لگاؤ ضرور ہے۔ لیکن جہاں تک حسن کا تعلق

ہے۔ وہ امراؤ بیگم کی گرد کو نہیں پہنچتی"۔

"تو پھر یہ بات ہو سکتی ہے۔ آپ محکمہ انکم ٹیکس سے اپنی اصلی آمدنی چھپا رہے ہیں۔ اور آپ کو یہ فکر کھائے جاتا ہے۔ کسی دن آپ کے گھر چھاپہ پڑ گیا تو اِن اشرفیوں کا کیا ہوگا جو آپ نے زمین میں دفن کر رکھی ہیں۔ اور جن کا پتہ ایک خاص قسم کے آلہ سے لگایا جا سکتا ہے"۔

"اجی شیخ صاحب۔ کیسی اشرفیاں! یہاں زہر کھانے کو پیسہ نہیں۔ شراب تو قرض کی پیتے ہیں اور اسی خود فریبی میں مبتلا رہتے ہیں کہ ہماری فاقہ کشی رنگ لائے گی۔ اگر ہمارے گھر چھاپہ پڑا تو شراب کی خالی بوتلوں اور آم کی گٹھلیوں کے علاوہ کوئی چیز نہیں ملے گی"۔

"اچھا وہ جو آپ کبھی کبھی اپنے گھر کو ایک اچھے خاصے قمار خانہ میں تبدیل کر دیتے ہیں۔ اُس کے متعلق کیا خیال ہے"۔

"واہ شیخ صاحب! آپ عجیب باتیں کرتے ہیں۔ تھوڑا بہت جوا تو ہر مہذب شخص کھیلتا ہی ہے۔ اور پھر ہر کلب میں بڑے بڑے لوگ ہر شام کو "برج" وغیرہ کھیلتے ہیں۔ جوا آخر جوا ہے چاہے وہ گھر پر کھیلا جائے چاہے کلب میں"۔

"اگر یہ بات نہیں تو پھر آپ کو کسی سے حسد ہے۔ آپ ساری رات حسد کی آگ میں جلتے رہتے ہیں اور میر کے اِس شعر کو گنگناتے ہیں۔

اندوہ سے ہوئی نہ رہائی تمام شب
مجھ دل زدہ کو نیند نہ آئی تمام شب

"بجا شیخ صاحب۔ ہم کسی شاعر کو اپنا مدِ مقابل ہی نہیں سمجھتے کہ اُس سے حسد کریں۔ معاف کیجیے آپ حالانکہ اُستادِ شاہ ہیں۔ لیکن ہم نے آپ کے متعلق کبھی کہا تھا۔ ذوق کی شاعری بانگِ دہل ہے اور ہماری نغمۂ چنگ۔"

"مرزا صاحب۔ یہ تو صریحاً زیادتی ہے۔ میں نے ایسے شعر بھی کہے ہیں۔ جن پر آپ کو بھی سر دھننا پڑا ہے۔"

"لیکن ایسے اشعار کی تعداد آٹے میں نمک کے برابر ہے۔"

"یہ ہے آپ کی سخن فہمی کا عالم اور کہا تھا آپ نے:۔

ع ہم سخن فہم ہیں غالب کے طرفدار نہیں"

"اگر ہم سخن فہم نہ ہوتے تو آپ کے کلام پر صحیح تبصرہ نہ کر سکتے۔ خیر چھوڑیے بات تو نیند نہ آنے کی ہو رہی تھی۔"

"کسی ڈاکٹر سے اپنا بلڈ پریشر چیک کرائیے۔ ہو سکتا ہے۔ وہ بڑھ گیا ہو۔"

"قبلہ! جب بدن میں بلڈ ہی نہیں رہا تو پریشر کے ہونے یا بڑھنے کا سوال ہی پیدا نہیں ہوتا۔"

"پھر ہر رات سونے سے پہلے کسی ایسی گولی کا سہارا لیجیے۔ جس کے کھانے سے نیند آجائے۔ آج کل بازار میں ایسی گولیاں عام بک رہی ہیں۔"

"انہیں بھی استعمال کر چکے ہیں۔ نیند تو انہیں کھا کر کیا آتی

البتہ بے چینی اور بھی بڑھ گئی۔ اِس لئے انہیں ترک کرنے میں ہی عافیت سمجھی"
"کسی ماہر نفسیات سے مشورہ کیجئے شاید وہ کچھ۔۔"
"وہ بھی کر چکے ہیں"
"تو کیا تشخیص کی اُس نے؟"
"کہنے لگا۔ آپ کے تحت الشعور میں کسی ڈر نے مستقل طور پر ڈیرا ڈال رکھا ہے۔ اُس سے نجات حاصل کیجئے۔ آپ کو نیند آنے لگے گی"
"یہ تو بڑا آسان ہے۔ آپ اُس ڈر سے نجات حاصل کیوں نہیں کر لیتے"
"لیکن ہمیں پتہ بھی تو چلے وہ کونسا ڈر ہے۔"
"اُسی سے پوچھ لیا ہوتا"
"پوچھا تھا۔ اُس نے جواب دیا۔ اِس ڈر کا پتہ مریض کے سوا کوئی نہیں لگا سکتا"
"کسی لائق ایلوپیتھک ڈاکٹر سے ملئے۔ شاید وہ۔۔۔"
"اُس سے بھی مِل چکے ہیں۔ خون، پیشاب، تھوک، پھیپھڑے دِل اور آنکھیں ٹیسٹ کرنے کے بعد کہنے لگا۔ اِن میں تو کوئی نقص نہیں معلوم ہوتا ہے۔ آپ کو نیند سے الرجی ہو گئی ہے"
"علاج کیا بتایا؟"
"کوئی علاج نہیں بتایا۔ دلیل یہ دی کہ الرجی ایک لاعلاج مرض ہے"
"آپ اگر اجازت دیں تو خاکسار جو کہ نہ حکیم ہے نہ ڈاکٹر بلکہ محض ایک شاعر آپ کے مرض کا علاج کر سکتا ہے"

"ضرور کیجئے۔"

"دیکھئے! اگر آپ کو نیند رات بھر نہیں آتی۔ تو آپ رات کی بجائے دِن میں سویا کیجئے۔ یعنی رات کو دِن اور دِن کو رات سمجھا کیجئے۔"

"سبحان اللہ۔ کیا نکتہ پیدا کیا ہے۔ تعجب ہے ہمیں یہ آج تک کیوں نہیں سوجھا۔ سوجھتا کیسے۔ آپ تو اِس وہم میں مبتلا ہیں۔

آج مجھ سا نہیں زمانے میں شاعرِ نغز گوئے خوش گفتار

"شیخ صاحب آپ نے خوب یاد دلایا۔ بخدا ہمارا یہ دعویٰ تعلّی نہیں۔ حقیقت پر مبنی ہے۔"

"چلئے یوں ہی سہی۔ جب تک آپ استادِ شاہ نہیں ہیں مجھے آپ سے کوئی خطرہ نہیں۔"

"یہ اعزاز آپ کو ہی مبارک ہو۔ ہمیں تو پینے کو "اولڈ ٹام" اور کھانے کو "آم" ملتے رہیں۔ ہم خدا کا شکر بجا لائیں گے۔"

دراصل شراب پی پی کر آپ نے اپنا اعصابی نظام اتنا کمزور کر لیا ہے کہ آپ کو بے خوابی کی شکایت لاحق ہو گئی۔ اس پر ستم یہ کہ توبہ کرنے کی بجائے آپ فخر سے کہا کرتے ہیں۔ ہر شب پیا ہی کرتے ہیں مے جس قدر ملے۔"

"بس بس شیخ صاحب رہنے دیجئے۔ ورنہ مجھے آپ کو چپ کرانے کے لئے آپ کا ہی شعر پڑھنا پڑے گا۔" "کون سا شعر قبلہ؟"

"رِندِ خرابِ حال کو زاہد نہ چھیڑ تو
تجھ کو پرائی کیا پڑی اپنی نبیڑ تو"

●●

عورتوں کا سال

۱۹۷۵ء کا سب سے بڑا مذاق یہ تھا کہ اِسے عورتوں کا بین الاقوامی سال قرار دیا گیا۔ گویا ۱۹۷۵ء سے پہلے جتنے سال تھے وہ سب مردوں کے تھے اور ۱۹۷۵ء کے بعد جتنے سال آئیں گے وہ بھی سب مردوں کے ہوں گے۔ حقیقت یہ ہے ہر سال عورتوں کا ہوتا ہے۔ کیونکہ وہ سال کے تین سو پینسٹھ دنوں میں سے تین سو چھیاسٹھ دن مردوں کو انگلیوں پر نچاتی ہیں ہیں۔ ایک عقلمند شوہر یہ نکتہ بخوبی جانتا ہے۔ چنانچہ جس طرح جہانگیر نے صرف ایک شراب کے پیالے کے عوض اپنی ساری سلطنت نور جہاں کے سپرد کر دی تھی۔ وہ دو وقت کھانے کے عوض اپنی ساری آمدنی بیوی کے سپرد کر دیتا ہے۔ نہ بھی کرے تو وہ خود اس کی جیب سے نکال لیتی ہے۔ ایک شخص اپنے دوست کو بتا رہا تھا۔ معلوم ہوتا ہے، کل کسی جیب کترے نے میری جیب پر ہاتھ صاف کیا ہے۔ اس میں پانچ سو روپے تھے۔ اب صرف پچاس ہیں۔ دوست نے کہا ممکن ہے آپ کی بیگم صاحبہ نے یہ رقم اٹھائی ہو۔

وہ شخص بولا ـــــ ناممکن! اگر بیگم صاحبہ جیب میں ہاتھ ڈالیں تو وہ اس میں پچاس روپے باقی نہ رہنے دیتیں۔

ایک سمجھدار شوہر بیوی کی کسی بات کی تردید نہیں کرتا کیونکہ وہ جانتا ہے، بیوی کبھی اس بات کا تصوّر بھی نہیں کرسکتی کہ خاوند کی کھوپڑی میں کبھی دماغ ہوتا ہے۔ اس لیے وہ بیوی کی ہاں میں ہاں ملاکر بحث کو شروع ہونے سے پہلے ہی ختم کر دیتا ہے۔ یہاں تک کہ اگر وہ کبھی یہ شکایت کرتی ہے کہ میری تو قسمت ہی پھوٹ گئی تھی۔ جب میں آپ کے پلّے پڑی تو بڑے ادب کے ساتھ کہتا ہے " آپ بجا فرماتے ہیں"

ہماری رائے میں کسی خاص سال کی عورتوں کا بین الاقوامی سال قرار دینا کافی نہیں۔ عورت اُس وقت تک پہیلی بنی رہے گی۔ جب تک اُس سے متعلق اُن تمام مفروضوں کو غلط قرار نہیں دیا جاتا۔ جن کی اختراع مرد نے کی ہے۔ مثال کے طور پر عورت مرد کی بائیں پسلی سے پیدا ہوئی ہے۔ اسی لئے پسلی کی طرح اس کا دماغ ٹیڑھا۔ مزاج ٹیڑھا اور فطرت ٹیڑھی ہے۔ وہ جب سے دُنیا میں آئی ہے۔ مردوں کی زندگی اجیرن ہوگئی ہے سچ تو یہ ہے عورت اس لیے ٹیڑھی ہے کیونکہ ٹیڑھی انگلی کے بغیر گھی نہیں نکلتا۔ نیز ٹیڑھے شخص سے تمام لوگ ڈرتے ہیں۔ تلسی داس نے ٹھیک ہی کہا ہے۔ پہلی رات کا چاند ٹیڑھا ہوتا ہے۔ اس لئے ہر شخص اُس کو سلام کرتا ہے۔

ایک اور مفروضہ جسے اب ترک کرنے کا وقت آگیا ہے۔ یہ

ہے کہ عورت "صنفِ نازک" ہے۔ جس شخص نے کبھی بہو کو ساس یا شوہر کو بیوی کے ہاتھوں پٹتے دیکھا ہے، وہ اس امر کی تصدیق کرے گا کہ عورت "صنفِ کرخت" ہے، صنفِ نازک نہیں۔ یہ بات یوں بھی صحیح ہے کیونکہ عورت مرد سے زیادہ سخت جان واقع ہوئی ہے۔ عموماً اس کی عمر مرد کی عمر سے زیادہ ہوتی ہے۔ نیز جذباتی لحاظ سے وہ مرد کی نسبت زیادہ متوازن ہوتی ہے۔ اسی لئے پاگل خانے مردوں سے بھرے پڑے ہیں کم از کم دو درجن بیماریاں ایسی ہیں جو عورتوں کے مقابلے میں مردوں میں زیادہ پائی جاتی ہیں۔ مثلاً گٹھیا، گنجاپن اور معدے کے ناسور۔ انصاف کا تقاضہ ہے کہ اب عورتوں کی بجائے مردوں کو صنفِ نازک کا خطاب دیا جائے کیونکہ یہ اس لئے بھی مناسب ہوگا۔ کیونکہ آج کل نوجوان بڑی تیزی اور مستعدی سے صنفِ نازک میں شامل ہونے کی کوشش کر رہے ہیں۔ خاص طور پر جب سے انہوں نے عورتوں کی طرح لمبے لمبے بال رکھنا شروع کر دیئے ہیں اور لپ سٹک کا استعمال کرنے لگے ہیں۔ نوبت یہاں تک آ پہنچی ہے کئی بار دولہا اور دلہن کو سوچنا پڑتا ہے کہ ان میں دلہن کون ہے۔

ایک اور مفروضہ ہے۔ عورتیں قدرتی طور پر بزدل اور امن پسند ہوتی ہیں۔ اس لئے انہیں فوج میں نمائندگی نہیں دینی چاہیئے۔ یہ مفروضہ حقیقت سے کس قدر بعید ہے اس کا تجربہ ان لوگوں کو ہوگا جنہوں نے عورت کو آپس میں لڑتے دیکھا ہے۔ عورت تو خدا کی وہ دلچسپ مخلوق ہے جو کسی وجہ کے بغیر بھی لڑ سکتی ہے اور لڑتی ہے

ہے۔ ملاحظہ فرمائیے کیفی حیدر آبادی کی نظم "دو عورتوں کی لڑائی":

جمیلہ بی (پڑوسن سے) لڑائیں گی اے پڑوسن آ
حمیدہ (اس کی ہمسائی) لڑے تجھ سے بلا میری
جمیلہ بی۔ بلا تیری ترے سر پر ترے گھر پر
حمیدہ۔ اے تجھے صدقے کروں گھر پہ سے کیوں لونڈی
جمیلہ بی۔ ارے لونڈی کی لونڈی بے حیا بد ذات
تجھے صدقے کرے گی تو ذرا منہ دیکھ کل موئی
حمیدہ (آگے بڑھ کر) منہ سنبھال اپنا تو اے کتیا
نہیں تو مارے جوتوں کے ترے سب دانت توڑوں گی
جمیلہ (دوڑ کر بال اس کی چٹیا کے پکڑ کر) مار
ذرا میں بھی تو دیکھوں کتنی لمبی ہے تری چوٹی

ظاہر ہے اگر عورتوں کو فوج میں نمائندگی دی جائے تو توپوں، ٹینکوں اور بمباری کی لڑائی باتوں اور طعنوں کی جنگ میں تبدیل ہو جائے گی۔ اس کا کچھ اور فائدہ ہو یا نہ ہو۔ جانی اور مالی نقصان نہ ہونے کے برابر ہو گا۔

فوج کے علاوہ اگر عورتوں کو پارلیمنٹ اور اسمبلیوں میں مردوں کے برابر نشستیں دی جائیں تو کم از کم اجلاسوں کی کارروائی بڑی رنگین اور دلچسپ ہو جائے۔ سید ضمیر جعفری نے ایک ایسے ہی اجلاس کا نقشہ پیش کیا ہے۔ جس میں عورتوں کی اکثریت ہے:۔

بہ انداز غیظ و غضب بولتی ہیں
نہیں بولتی ہیں تو کب بولتی ہیں
یہ جب بولتی ہیں تو سب بولتی ہیں
شہادت کی انگشت اقبال پر ہے
کبھی ناک پر ہے کبھی گال پر ہے

صدیوں سے عورتوں کے ذہن نشین کرایا جاتا ہے کہ بیوی کے لئے شوہر خدائے مجازی یا پرمیشور کا درجہ رکھتا ہے۔ ہماری دانست میں اب وقت آگیا ہے کہ شوہر کی بجائے یہ اعزاز بیوی کو بخش دیا جائے۔ ویسے تو دبی زبان سے تمام شریف یعنی زن مرید خاوند اس صداقت کو تسلیم کرتے ہیں۔ لیکن اب انہیں کھلے بندوں اس کا اعلان کر دینا چاہیئے۔ اگر ایسا نہ کیا گیا تو عورتوں کی نئی پود جوامریکہ کے علاوہ کئی دوسرے ملکوں میں حقوق نسواں کے لئے جد و جہد کر رہی ہے۔ ڈنڈے یا بیلن کے زور سے یہ بات منوا کر چھوڑے گی۔ اس لئے اگر دو ایک کس مراعات دے کر عورتوں کو خوش کیا جا سکتا ہے تو یہ خسارے کا سودا نہیں ہے۔ بصورت دیگر مستقبل قریب میں مردوں کو ایک وقت کا کھانا تیار کرنے کے علاوہ بچوں کو لوری دے کر بھی سلانا پڑے گا اور ہو سکتا ہے انہیں گھر کے آنگن میں جھاڑو لگانے اور کپڑے دھونے کے لئے بھی کہا جائے۔

سب سے خطرناک مفروضہ جیسے خیر باد کہنا ہو گا۔ یہ ہے کہ

عورتوں کو جتنا حقیر سمجھا جائے۔ اتنا ہی اچھا ہے۔ اگر اُنہیں چڑانے کے لیئے اُن شعراء کے اقوال کا حوالہ دیا جائے جنہوں نے عورت کو پیٹنے کی تلقین کی ہے تو اور بھی اچھا ہے—— اِس قسم کا دقیانوسی نظریہ آج سے پانچ سو سال پہلے پسند کیا جاتا تھا۔ کیونکہ اُس وقت عورت کو پیٹنا مرد کا پسندیدہ شغل تھا۔ نیز عورت بھی پٹنے کو سعادت تصوّر کیا کرتی تھی۔ وہ زمانہ لد گیا۔ آج کل اگر عورت مرد کو نہ پیٹے اِسے ہی غنیمت سمجھنا چاہیئے چہ جائیکہ مرد اُس کو پیٹنے کا اِرادہ کرے۔ بہر حال بہت پھونک پھونک کر قدم رکھنے کی ضرورت ہے۔ بقولِ شاعر:-

میرؔ صاحب زمانہ نازک ہے
دونوں ہاتھوں سے تھامیئے دستار!

●●

کبیر صاحب

کبیرا کھڑا بازار میں...

بھگت کبیرؔ حسب معمول بازار میں کھڑا ہوکر سب کی خیر مانگ رہے رہے تھے۔ جب خیر مانگتے مانگتے اُوب سے گئے تو ایک طرف کو چل پڑے تاکہ دیکھ سکیں وہ لوگ کس قماش کے ہیں جن کی خیر وہ ہر روز مانگتے ہیں چند قدم آگے چلنے کے بعد وہ ایک ہوٹل کے سامنے کھڑے ہو گئے۔ ایک بیرا ہوٹل کے مالک سے پوچھ رہا تھا "جناب اگر آپ اجازت دیں تو پرسوں کا بنایا ہوا مرغ کا سالن پھینک دیا جائے۔ کیونکہ وہ اب کھانے کے قابل نہیں رہا۔"

مالک بیرے کو جھڑکتے ہوئے کہہ رہا تھا۔ "اچھے خیر خواہ ہو ہوٹل کے جو اتنا قیمتی سالن پھینکنا چاہتے ہو۔ کیا اُسے گرم کرکے گاہکوں کو نہیں دیا جاسکتا؟"

"سرکار! کوئی گاہک اُسے کھاکر سخت بیمار پڑ سکتا ہے۔"

"ہماری بلا سے۔ ہمیں پیسے کمانے سے غرض ہے۔ گاہکوں کی

صحت سے نہیں۔"

ایک اور بیرا مالک سے کہہ رہا تھا۔ "حضور! ابھی ابھی خبر ملی ہے۔ "رمضان پولٹری فارم" کی تمام مرغیاں مر گئی ہیں۔ آپ اگر چاہیں تو ایک روپیہ فی مرغی کے حساب سے وہ خرید لی جائیں۔" مالک کی رائے تھی وہ ساری فوراً خرید لی جانی چاہییں۔ کیونکہ ایک حلال کی گئی اور ایک مری ہوئی مرغی میں کچھ فرق نہیں ہوتا۔ البتہ جلدی کرنا چاہیے۔ کیونکہ اگر کسی اور ہوٹل کو پتہ چل گیا تو ان کا بھاؤ دو روپے فی مرغی ہو جائے گا۔

بھگت کبیر ان باتوں کی تاب نہ لا کر وہاں سے آگے چلے۔ تھوڑی دور چلنے کے بعد وہ شہر کے مشہور مندر کے گیٹ پر رکے اتنے میں مندر میں سے ایک شخص باہر آیا وہ ریشمی کپڑوں میں ملبوس تھا۔ گلے میں موتیوں کی مالائیں پہن رکھی تھی۔ وہ ایک بڑی امریکن موٹر کار میں بیٹھ گیا اور ڈرائیور سے بولا "سیٹھ لکشمی چند کی کوٹھی پر لے چلو۔" بھگت کبیر نے ایک پان فروش سے پوچھا "یہ کون تھے؟" اس نے جواب دیا "یہ مشہور سنت بابا پرلوک ناتھ جی ہیں۔ انہوں نے لڑکپن میں ہی سنیاس لے لیا تھا۔ آج سیٹھ لکشمی چندر نے ان کی دعوت کی ہے۔"

"یہ موٹر انہوں نے ہی بھجوائی ہوگی؟"

"نہیں یہ موٹر تو سنت جی کی اپنی ہے۔"

بھگت کبیر یہ سُن کر دنگ رہ گئے اور سوچنے لگے انہوں نے تو لڑکپن میں ہی سنیاس لے لیا تھا۔ اگر سنیاس نہ لیتے خدا جانے کس ٹھاٹ سے زندگی

بسر کرتے۔

وہاں سے چل کر بھگت کبیر ایک پرانی سرائے کے پاس پہنچے اتنے میں انہوں نے دیکھا ایک نوجوان کا منہ کالا کرکے اُسے گدھے پر سوار کیا گیا ہے۔ اور بازار میں اس کا جلوس نکالا جا رہا ہے۔ پوچھنے پر معلوم ہوا وہ نوجوان سکول اور کالج میں پڑھنے والی لڑکیوں کو بازار میں سے گذرتے وقت چھیڑا کرتا تھا۔ آج پولیس نے عین اُس وقت گرفتار کر لیا۔ جب وہ نوجوان لڑکیوں پر غیر مہذب آوازے کس رہا تھا۔ بھگت جی نے سوال کیا۔ "لیکن وہ ایسی فضول حرکتیں کیوں کرتا ہے۔ کیا اس کا دماغ خراب ہے؟"

"دماغ خراب نہیں۔ کھاتے پیتے خاندان کا لڑکا ہے۔ اس لئے خرمستیاں سوجھتی ہیں۔"

"کیا اُس کی کوئی بہن نہیں؟"

"بہنیں تو اس کی چار ہیں۔ دو سکول اور دو کالج میں پڑھتی ہیں۔"

"کیا اس کو یہ خیال کبھی نہیں آیا اگر کوئی لڑکا اُس کی بہنوں کے ساتھ اس طرح کی چھیڑ خانی کرے تو اس کے دل پر کیا گزرے گی؟"

"یہ خیال آتا تو یہ واہیات حرکتیں ہی کیوں کرتا!"

بھگت کبیر وہاں سے آگے چلے۔ اب تو انہوں نے اس سے زیادہ دل خراش منظر دیکھا۔ تین اشخاص کو ہتھکڑیاں پہنا کر پولیس عدالت میں پیش کرنے کے لیے لے جا رہی تھی۔ پوچھنے پر پتہ چلا۔ وہ ایک ہی خاندان کے افراد ہیں۔ انہوں نے اپنی بہو پر مٹی کا تیل چھڑک کر اسے زندہ جلا دیا

ہے ۔کیونکہ وہ جہیز میں اتنا روپیہ اور سونا نہیں لائی تھی جتنا وہ چاہتے تھے ۔ بھگت کبیر نے ایک ٹھنڈی سانس بھر کر کہا ۔" افسوس ہمارے ملک کے لوگ اتنے لالچی اور حریص ہو گئے ہیں کہ وہ بہو کو ، بہو کی بجائے لاٹری سمجھنے لگے ہیں ۔ کاش انہیں معلوم ہوتا کہ نرک میں داخل ہونے کے لئے جو دروازہ سب سے بڑا ہے ۔ اس کا نام لالچ یا حرص ہے ۔"

بھگت جی اب ایک ایسی جگہ پہنچے جہاں ایک شخص ایک سٹول پر کھڑا ہو کر ایک مجمع سے خطاب کر رہا تھا اور پکار پکار کر کہہ رہا تھا " مجھے اچھی طرح دیکھ لیجئے ۔ میں خدا ہوں ۔ میں ایسے چمتکار دکھا سکتا ہوں ۔ جو شائد خدا بھی نہیں دکھا سکتا ۔ میں ہوا میں ہاتھ لہرا کر ہر وہ چیز مہیا کر دوں گا ۔ جس کی آپ فرمائش کریں گے ۔ لو لئے آپ کو کس چیز کی ضرورت ہے ۔ مجمع میں سے کسی نے کہا " آم " ، اُس نے ہوا میں ہاتھ لہرایا اُس کے ہاتھ میں ایک آم آگیا ۔ کسی اور نے کہا : سنگترا ۔ اس نے پھر وہی عمل دُہرایا اور اس مرتبہ اس کے ہاتھ میں سنگترا تھا ۔

بھگت کبیر نے جب یہ تماشا دیکھا دل ہی دل میں کہا " یہ خدائی نہیں شعبدہ بازی ہے ۔ ایسے ہاتھ کی صفائی کے کھیل کئی مداری اور جادوگر دکھا سکتے ہیں ۔ مجمع میں اُن کے اپنے آدمی ہوتے ہیں جنہیں پہلے بتا دیا جاتا ہے کہ وہ فلاں فلاں چیز کی فرمائش کریں گے ۔ یہ شخص خدا ہونے کا دعویٰ کرتا ہے ۔ مجھے تو اس کے انسان ہونے میں بھی شک ہے ۔ خدا اتنا ارزاں نہیں کہ بازاروں میں مجمع لگاتا پھرے ۔

بھگت کبیر نے آگے جانا مناسب نہ سمجھا۔ وہ گھر لوٹ گئے۔ راستے میں انہیں رہ رہ کر خیال آتا رہا۔ میں روزانہ ان لوگوں کی خیر مانگتا ہوں کل سے مجھے سنجیدگی کے ساتھ سوچنا پڑے گا۔ کیا یہ لوگ اس قابل ہیں کہ ان کی خیر مانگی جائے۔

دیکھ کبیرا رویا

بھگت کبیر نے "کیوں نہ ہم بھی احمق نگر کی سیر کریں" اُن سے اتفاق کرتے ہوئے میں بولا:۔ "خیال تو بُرا نہیں"، بھگت کبیر نے فرمایا "شاید تم جانتے ہو۔ میری ایک کمزوری ہے۔ جب میں کوئی فضول یا مضحکہ خیز چیز دیکھتا ہوں۔ مجھے رونا کا دورہ پڑتا ہے"

"جی اچھی طرح جانتا ہوں۔ ایک مرتبہ آپ کو اس لئے رونے کا دورہ پڑا تھا کہ لوگ رنگی کو نارنگی کیوں کہتے ہیں"

"اور ایک دفعہ اس لئے کہ لوگ چلتی کو گاڑی کیوں کہتے ہیں"

"میری بھی ایک کمزوری ہے"

"وہ کیا؟"

جس چیز کو دیکھ کر آپ کو رونے کا دورہ پڑتا ہے۔ اسے دیکھ کر مجھے ہنسی کا دورہ پڑتا ہے"

"پھر تو خوب مزہ رہے گا۔ ہم میں سے ایک زار و قطار روئے گا۔ دوسرا

قہقہہ لگا کر ہنسنے لگا:

"اصل میں رونا اور ہنسنا ایک ہی ردِ عمل کے دو مختلف نام ہیں۔"

"اس میں کوئی شک نہیں۔ اسی لیے ہندوستانیوں کی عقل پر ہنسی بھی آتی ہے اور رونا بھی آتا ہے۔"

ہم احمق نگر میں داخل ہوئے۔ سب سے پہلے۔ چند بھکاریوں سے ملاقات ہوئی۔ اُن میں سے ایک اندھا تھا۔ بھگت کبیر نے اس کا نام پوچھا اور یہ جاننے کے بعد اس کا نام نین سکھ ہے۔ بھگت جی کو رونے کا دورہ پڑ گیا۔ بڑی مشکل سے انہیں چپ کرایا۔ اتنے میں دوسرے بھکاری نے بتایا۔ میرا نام دولت رام ہے۔ ایک بھکارن بولی اور مجھے لکشمی کہتے ہیں۔ بھگت جی نے اپنی چھاتی پر دو ہتڑ مارا اور ڈھائیں مار کر رونے لگے۔ روتے تھے اور کہتے تھے۔ "لوگوں کو نام رکھنے کا سلیقہ بھی نہیں آتا۔" انہیں روتے ہوئے دیکھ کر کچھ لوگ اکٹھے ہو گئے۔ میں نے یہ سوچتے ہوئے کہ شاید ان میں سے کسی نے اپنا نام سلیقے سے رکھا ہو۔ جسے جان کر بھگت کبیر رونا بند کر دیں۔ ایک نوجوان سے پوچھا۔ "تمہارا نام کیا ہے؟"

"کٹار سنگھ"

"باپ کا نام؟"

"تلوار سنگھ"

"دادے کا نام؟"

"پستول سنگھ "

بھگت کبیر نے روتے ہوئے کہا "پر دادے کا نام مت پُوچھنا۔

وہ ضرور توپ سنگھ ہو گا"

آگے چلے تو ایک چوک میں بڑا عجیب منظر دیکھا۔ ایک گدھا سٹیج پر کھڑا ہو کر تقریر کر رہا تھا۔ سامعین جو سب اچھی نسل کے گھوڑے تھے۔ پوری توجہ سے سُن رہے تھے۔ گدھا کہہ رہا تھا" مجھے اِس بات کا سو فیصدی یقین ہے کہ تم گھوڑے نہیں دو سو فیصد گدھے ہو"

"گدھے کی باتیں سُن کر میں نے ایک زوردار قہقہہ لگایا۔ لیکن بھگت جی نے رو رو کر اپنا بُرا حال کر لیا۔ اُن کا دھیان گدھے سے ہٹانے کے لئے میں نے دو ہپیوں کی طرف اشارہ کرتے ہوئے کہا۔

"بھگت جی! ذرا ادھر دیکھیے"، اُنہوں نے اُن میں سے ایک کی طرف غور سے دیکھتے ہوئے پُوچھا؟ "یہ لڑکی ہے یا لڑکا؟"

اتنے میں دوسرے ہپی نے کہا "اجی یہ لڑکا ہے!"

بھگت جی نے پوچھا "آپ کیسے جانتے ہیں؟"

"کیونکہ یہ میرا بیٹا ہے"

"آپ اِس کے باپ ہیں؟"

"نہیں میں اس کی ماں ہوں"

بھگت کبیر نے چلا کر کہا: "آپ اس کی ماں ہیں" اور اُنہیں رونے کا ایک زبردست دورا پڑا۔

چوک سے ہم اسپتال کی طرف جا رہے تھے کہ راستے میں ایک شخص سے ملاقات ہوئی۔ وہ پاگل تو نہیں۔ لیکن پاگلوں کی طرح ایک ہی بات کی رٹ لگا رہا تھا۔

بھگت کبیر نے کہا: "میاں کیا رٹ لگائی ہے؟"

اس شخص نے جواب دیا۔ "اجی کیا پوچھتے ہو۔ جب میں نے اپنی اپنی چار لڑکیوں کی شادی کی۔ اُس وقت جہیز دینے کا رواج تھا۔ چنانچہ چاروں کو جہیز دینا پڑا۔ اب مجھے اپنے چار لڑکوں کی شادی کرنا ہے۔ مگر جہیز لینے اور دینے کی قانوناً ممانعت کر دی گئی ہے۔"

بھگت جی کو اس کی بات سُن کر چوتھی بار رونے کا دورہ پڑا۔ البتہ میں خُوب کِھل کر ہنسا اور اُن سے آگے چلنے کو کہا۔

ہم اسپتال میں پہنچے دیکھا کہ کسی مریض کا جگر خراب ہے۔ کسی کا دِل۔ ڈاکٹر سب مریضوں سے کہہ رہا ہے "تمہاری بیماریوں کے لیے شراب نوشی ذمہ دار ہے۔ اگر زندہ رہنا چاہتے ہو شراب پینے سے توبہ کرلو" اور تمام مریض یک زبان ہو کر جواب دے رہے ہیں "زندگی رہے یا نہ رہے ہم شراب نہیں چھوڑ سکتے۔" بھگت کبیر کی آنکھوں سے ایک بار پھر آنسوؤں کی جھڑی لگ گئی۔ اُنہوں نے سِسکیاں بھرتے ہوئے کہا "یہ کیسی اُلٹی کھوپڑی کے لوگ ہیں، جنہیں زندگی سے شراب زیادہ پیاری ہے۔"

اسپتال سے ہم بابا جادو ناتھ کے مزار پر گئے۔ وہاں دیکھا سینکڑوں

لوگ طرح طرح کی منتیں مان رہے اور عہد کر رہے ہیں۔ اُن کی مرادیں پوری ہو گئیں تو فلاں نذر تیار کریں گے۔ بھگت جی نے مجھ سے پوچھا۔ "یہ بابا جادو ناتھ کون ہے؟"

"سُنا ہے بڑے خُدا رسیدہ فقیر تھے آج سے کوئی چھ سو سال پہلے اس شہر میں رہا کرتے تھے۔"

"تو انہیں اللہ کو پیارے ہوئے چھ سو سال ہو گئے۔"

"جی ہاں۔"

"اب تو اُن کی خاک بھی لحد میں نہ رہی ہو گی۔"

"اس میں کوئی شک نہیں۔"

"پھر یہ لوگ منتیں کس سے مانگ رہے ہیں؟"

"ظاہر ہے اُن کے مزار سے۔"

"یعنی اینٹوں اور پتھروں سے۔"

"جی ہاں"

یہ سنتے ہی بھگت کبیر کو رونے کا دورہ پڑا اور رونے کے پچھلے تمام ریکارڈ مات ہو گئے۔ انہیں چپ کرانے کی کوشش کی مگر بے سود۔ چنانچہ میں انہیں روتا ہوا چھوڑ کر گھر لوٹ آیا۔ اور آج تک سوچ رہا ہوں، ایسی باتیں تو ہماری زندگی میں عام ہیں۔ پھر انہیں کس بات پر اتنی شدت سے رونے کا دورہ پڑا۔

••

کہے کبیر سنو بھئی سادھو

میں بھگت کبیر اُس وقت سے جب ہند پر سکندر لودھی حکومت کرتا تھا۔ یعنی کوئی پچھلے ساڑھے چار سو سال سے پُکار پکار کر کچھ کہہ رہا ہوں۔ لیکن تم میری ایک نہیں سُنتے۔ جیسے تم سب بہرے ہو گئے ہو جیسے تم سب اس چکنے گھڑے کی مانند ہو جس پر نصیحت کی بوند پڑتی تو ہے لیکن پڑتے ہی پھسل جاتی ہے اور جب مجھے تمہاری ڈھٹائی جو کہ جبر کر اپنی خاصی بے حیائی ہے کو دیکھ کر کسی شاعر کا یہ شعر یاد آجاتا ہے۔

نہ سمجھا عمر گزری اُس بُتِ خود سر کو سمجھاتے
پگھل کر موم ہو جاتا اگر پتھر کو سمجھاتے

مجھے یاد ہے میں نے تم سے کہا تھا۔ گھونگھٹ کے پٹ کھول دو تمہیں "پیا" کے درشن ہوں گے۔ مگر تم نے پہلے سے بھی لمبا گھونگھٹ کاڑھ لیا اور شکایت کرنے لگے "پیا" نظر نہیں آتا تم بھول گئے کہ نقاب تمہارے اپنے چہرے پر ہے "پیا" کے چہرے پر نہیں۔ بقول شاعر:

میں ہی اپنا نقاب ہوں ورنہ
تیرے مُنہ پر کبھی نقاب نہیں

میں نے تمہیں بتایا دھن اور جوبن پر غرور نہیں کرنا چاہیئے لیکن تم نے میری بات کو ہنسی میں اُڑا دیا اور کہا کبیر کا دماغ چل گیا ہے۔

اِس لئے ہمیں گمراہ کر رہا ہے تُم پہلے سے بھی زیادہ دھن اور جوبن کی نمائش کرنے لگے۔ نتیجہ یہ ہوا آج روپیہ ہی تُمہارا خُدا۔ روپیہ ہی تمہارا پیغمبر اور روپیہ ہی تمہارا سب سے بڑا مندر ہے۔ میں نے تم سے کہا۔

ایک ہی خاک گھڑے سب بھانڈے
ایک ہی سرجن ہارا

تم نے اس کا مطلب لیا کہ کبیؔر نے یہ بات یونہی رواداری میں کہی تھی ورنہ ہندو ایک اور مسلمان دُوسری خاک سے گھڑا گیا ہے صرف یہ بلکہ جس مٹی سے برہمن بنایا گیا ہے اس سے شودر نہیں بنایا گیا۔

اور اکثر ہمیں یہ شک پڑتا ہے کہ اِن دونوں کا سرجن ہارا بھی ایک نہیں۔ اگر تم میرے اس قول پر ایمان لے بھی آئے تو پھر بھی د سکتے رہے "بات تو کبیؔر کی ٹھیک ہے لیکن پھر بھی ہندو ہندو ہے۔ مُسلمان مسلمان ہے۔ عیسائی عیسائی ہے۔ سِکھ سِکھ ہے۔"

اور پھر تمہیں یاد ہوگا میں نے تمہیں نصیحت کی تھی کہ خدا کو اِدھر اُدھر ڈھونڈنے کی ضرورت نہیں وہ تو تمہارے دِل میں ہی رہتا ہے تُم صرف ایک خدا کی پُوجا کرو ان لوگوں کی نہیں جو خدا نہیں ہیں۔ لیکن خدائی کا دعوےٰ کرتے ہیں۔ مجھے یاد ہے میں نے ایک بھجن میں جو گاندھی جی کو بھی مرغوب تھا کہا تھا:

ہنسا جو پائے مان سرور
تال تلیا کیوں ڈولے

تیرا صاحب ہے گھٹ ماہیں
باہر نینا کیوں کھوئے

یعنی اگر ہنس کو مان سرو ور جھیل مل جائے تو اُسے چھوٹے چھوٹے تالابوں پر بھٹکنے کی ضرورت نہیں اور تمہارا خدا تمہارے دِل میں رہتا ہے اسے دیکھنے کے لئے باہر کی طرف نہیں اندر کی طرف جھانکو۔

لیکن تم نے اتنے خُدا بنا ڈالے کہ جن کا شمار آنا محال ہے۔ یگانہ نے کیا خوب کہا ہے:۔

بندے نہ ہوں گے جتنے خدا ہیں خُدائی میں
کس کس خدا کے سامنے سجدہ کرے کوئی

اور میں نے تمہیں اکثر یہ شکایت کرتے سنا کہ ہمیں کبیر نے خدا کو پانے کا کوئی آسان طریقہ نہیں بتایا۔ تم شاید بھُول گئے کہ میں نے کہا تھا:۔

کبیرا من نرمل بھیا جیوں گنگا کا نیر
پاچھے پاچھے ہرے پھرے کہت کبیر کبیر

اسی خیال کو یوں بھی باندھا جا سکتا ہے۔

پہلے میں ایک عمر اسے ڈھونڈتا رہا
میں گم ہوا تو ڈھونڈنے نکلا خدا مجھے

خُدا کو پانے کا اس سے آسان طریقہ اور کیا ہوگا اپنے من کو اتنا صاف و شفاف بنا و جیسے گنگا میں ہوتا ہے، پرماتما خود تمہیں ڈھونڈنے کے پیچھے نکلے گا۔

کس کس بات کا ذکر کروں ۔ میں نے تمہیں اِتنا کچھ کہہ دیا تھا کہ اس کے بعد کسی اور کو کچھ کہنے کی ضرورت ہی نہیں تھی ۔ میں نے خدا کو ایک بنیئے سے تشبیہ دیتے ہوئے کہا تھا ۔ وہ ایک ایسے ترازو سے جس کی نہ ڈنڈی ہے نہ پلڑا ساری دُنیا کو تول رہا ہے :-

سائیں میرا بانیا سہج کرے وِیوپار
بن ڈانڈی بن پالڑے تولے سب سنسار

میرے کہنے کا مطلب تھا تم جو گناہ یا پاپ کر رہے ہو، اس کا حساب رکھا جا رہا ہے اور ایک نہ ایک دن تمہیں یہ حساب چکانا ہوگا مگر افسوس تم پر ان سب باتوں کا کچھ اثر نہ ہوا ۔ اب تو کبھی کبھی یہ خیال آتا ہے ۔ اگر میں اور باقی سنت تمہیں اُلٹی پٹی پڑھاتے یعنی یہ کہتے ۔ انسان پانی کا بُلبلہ نہیں بلکہ ایک ایسا بلبلہ ہے جو ایک بار وجود میں آنے کے بعد کبھی فنا نہیں ہوگا ۔ یہ دُنیا فانی نہیں بلکہ ہمیشہ رہنے والی ہے ۔ گناہ میں نہ صرف لذّت ہے ۔ بلکہ گناہ کرنا سب سے بڑا ثواب ہے ۔ دَولت کی پُوجا کرنے سے ہی نجات مل سکتی ہے جو تمہارے لیئے ایک کانٹا بوئے تم اس کے لیئے ایک ہزار کانٹے بو دو ۔ آدمی سے ہی سب کچھ ہوتا ہے خُدا سے کچھ نہیں ہوتا ۔ تو تم ان باتوں پر عمل نہ کر کے اپنی عاقبت سنوار سکتے ہو ۔ کیونکہ تمہارا اصول ہے ۔ تمہیں جو کچھ کرنے کو کہا جائے تم وہ کبھی نہیں کرتے البتہ جو نہ کرنے کو کہا جائے وہ ضرور کرتے ہو ۔ کاش مجھے

تمہارے اِس اصول کا پہلے علم ہوتا اور میں تمہیں کبھی تلقین نہ کرتا کہ اگر تمہیں ہوش ہے تو دُنیا سے دُور بھاگو اور اس حالت میں دادو کا یہ نہ کہنا پڑتا :-

کبیر بچارا کہہ گیا بہت بھانت سمجھائے
دادو دنیا باوری تاکہ سنگ نہ جائے

••

مختصر ترین افسانے

ریل کا سفر کرتے ہوئے ایک مسافر نے اپنے ہم سفر سے کہا "میں بھوت پریت کے وجود پر اعتقاد نہیں رکھتا۔" موخر الذکر حیران ہو کر بولا "واقعی!" اور یہ کہہ کر غائب ہو گیا۔ یہ ہے دنیا کا مختصر ترین افسانہ۔ اس میں ایک کامیاب کہانی کے جملہ لوازمات (آغاز۔ ارتقا۔ اور انجام) موجود ہیں۔

میری رائے میں اردو کے اکثر و بیشتر اشعار افسانے کہلائے جانے کے مستحق ہیں اور کوزے میں دریا بند کرنے کا محاورہ ان پر صادق آتا ہے۔ مثال کے طور پر غالبؔ کا مشہور شعر لیجیے۔

گدا سمجھ کے وہ چپ تھا جو میری شامت آئے
اُٹھا اور اُٹھ کے قدم میں نے پاسباں کے لیے

اس شعر میں جس چابکدستی اور اختصار کے ساتھ عاشق کی پاسبان کے ہاتھوں پٹ جانے کی داستان کو قلم بند کیا گیا ہے، اس کی داد نہیں دی جا سکتی۔

غالب کا ایک شعر ہے:

کی مرے قتل کے بعد اُس نے جفا سے توبہ
ہائے اُس زود پشیماں کا پشیماں ہونا

سید احمد شاہ بخاری پطرس مرحوم نے شکسپیئر کا ڈرامہ 'اوتھیلو' پڑھاتے وقت اس شعر کا اطلاق ڈرامہ کے کلائمیکس (CLIMAX) پر کیا تھا۔ اِس ڈرامہ میں "اِی آگو" جو اوتھیلو کے ماتحت کام کرتا ہے اپنے آقا کو یقین دلا دیتا ہے کہ اس کی بیوی ڈیسڈی مونا کے ایک خوبصورت فوجی نوجوان "کیسیو" (CASSIO) کے ساتھ ناجائز تعلقات ہیں۔ اوتھیلو آتشِ حسد میں جلنے لگتا ہے اور ایک رات اشتعال میں اپنی بیوی کا گلا گھونٹ دیتا ہے۔ اُسے قتل کرنے کے بعد جب اس پر یہ راز کھلتا ہے کہ اُسے گمراہ کیا گیا ہے۔ وہ اپنے سینے میں خنجر کھونک کر خودکشی کر لیتا ہے۔

جس بات کو کہنے کے لئے شکسپیئر کو پانچ ایکٹ کے ڈرامے کا سہارا لینا پڑا وہ غالب نے ایک شعر میں اس طرح کہہ دی کہ کہنے کا حق ادا ہو گیا۔

اکبر الہ آبادی اپنے ظریفانہ کلام کی بدولت سراہے جاتے ہیں حالانکہ اُن کا عاشقانہ کلام بھی اتنا ہی لائقِ تحسین ہے اُن کا اسی رنگ ایک شعر ہے:

پھیر سکتی نہیں تقویٰ سے مجھے کوئی صبا
شرط یہ ہے کہ وہ پازیب کی جھنکار نہ ہو

میں نے جب پہلی بار یہ شعر پڑھا فوراً میرا خیال ''شکنتلا'' کے قصے کی طرف منتقل ہو گیا کالی داس کے اس شہرہ آفاق ڈرامہ میں وشوامتر اتنی سخت ریاضت کرتا ہے کہ ''اندر'' کا تخت ڈگمگانے لگتا ہے۔ اپنی عظمت کو برقرار رکھنے کے لیے وہ ایک خوبصورت اپسرا ''منیکا'' کو وشوامتر کے پاس بھجواتا ہے۔ اس کے حسن و جمال کی تاب نہ لا کر وشوامتر ریاضت ترک کر کے اس کے ساتھ راز و نیاز کی پینگیں بڑھانے لگتا ہے کچھ عرصہ کے بعد منیکا ایک لڑکی کو جنم دیتی ہے جو آگے چل کر شکنتلا کہلاتی ہے۔

اب ذرا اس شعر کو وشوامتر کی اس وقت کی ذہنی کیفیت کو پیش نظر رکھتے ہوئے پڑھیے جب منیکا نقاب الٹ کر ان کے سامنے اس طرح آئی گویا چاندنی سی چھٹک گئی اور اکبر الہ آبادی کی ساحری اور معجز بیانی کی داد دیجیے کہ انھوں نے وشوامتر کے جذبات کی کتنی خوبی اور خوش اسلوبی کے ساتھ ترجمانی کی ہے۔

ایک دفعہ شوکت تھانوی نے وشوامتر کے جذبات کی کتنی خوبی اور خوش اسلوبی کے ساتھ ترجمانی کی ہے۔

ایک دفعہ شوکت تھانوی نے حفیظ ہوشیار پوری کے ایک شعر کی اپنے مخصوص انداز میں توضیح کرنے کے بعد کہا تھا کہ ہر شعر کے پیچھے ایک افسانہ چھپا ہوتا ہے۔

حفیظ کا شعر تھا:

کوئی دیکھے ہمارے احترامِ عہدِ رفتہ کو
وفا پر اب بھی قائم ہیں محبت چھوڑ دی ہم نے

اس شعر کی تشریح شوکت تھانوی کے الفاظ ملاحظہ فرمائیے۔

"ہمارے پڑوس میں ایک میر صاحب رہتے ہیں۔ بلکہ وہ کیا رہتے ہیں اُن کی بیوی رہتی ہیں جن کو مدّت ہوئی میر صاحب طلاق دے چکے ہیں۔ البتہ صبح و شام آجایا کرتے ہیں کہ نیک بخت! کچھ سودا سلف منگانا ہو تو میں حاضر ہوں اور یہ سلسلہ برسوں سے چل رہا ہے۔ یہ احترام عہدِ رفتہ نہیں تو اور کیا ہے۔ محبت بلکہ نکاح تک ختم ہو جانے کے بعد وفا پر قائم رہنے کی جیتی جاگتی مثال ہے۔ یا نہیں؟"

فیض احمد فیضؔ نے جنہیں کسی خطا کے بغیر خطاوار ٹھہرایا گیا اور پانچ سال قید و بند کی سختیاں جھیلنے پر مجبور کیا تھا، اپنی معصومیت اور اربابِ بست وکشاد کی زیادتی اور سینہ زوری کا تذکرہ ایک شعر میں کچھ اس انداز سے کیا ہے کہ اُن کی آپ بیتی دو مصرعوں میں سمٹ آئی ہے۔

وہ بات، سارے فسانے میں جس کا ذکر نہیں
وہ بات ان کو بہت ناگوار گزری ہے

شیفتہ کا ایک نہایت شوخ اور چٹ پٹا شعر ہے:

وہ شیفتہ کہ دھوم تھی حضرت کے زہد کی   میں کیا کہوں کہ رات مجھے کس کے گھر ملے

یہ شعر نہیں ایک منظوم افسانہ ہے جس میں ایک ریاکار کو جسے عُرفِ عام میں زاہد کہا جاتا ہے۔ اس طرح بے نقاب کیا گیا ہے کہ آئندہ وہ کسی رند پر انگلیاں نہ اٹھا سکے گا۔

اسی قبیل کا غالب کا بھی ایک شعر ہے۔

کہاں میخانہ کا دروازہ غالبؔ اور کہاں واعظ
پر اتنا جانتے ہیں کل وہ جاتا کہ ہم نکلے

یگانہ کا ایک شعر آپ کی نظر سے گزرا ہوگا:

یکساں کبھی کسی کی نہ گزری زمانے میں
یادش بخیر بیٹھے تھے کل آشیانے میں

اس شعر کو پڑھتے ہی ہر ملک کے پناہ گزینوں کا المیہ ذہن کے پردے پر ابھرنے لگتا ہے۔ چاہے وہ ۱۹۴۷ء کے ہندوستانی یا پاکستانی پناہ گزین ہوں چاہے ۱۹۷۱ء کے بنگلہ دیش کے لاکھوں بدقسمت انسان ہوں جنہیں ہندوستان میں پناہ لینا پڑی ——— اور چاہے عرب ممالک کے پناہ گزیں ہوں جنہیں یہودیوں نے گھر چھوڑنے پر مجبور کیا۔ دراصل اس شعر میں نہ صرف ایک افسانہ بلکہ ایک مکمل ناول کا پلاٹ پوشیدہ ہے۔

آخر میں اثر لکھنوی کے اس شعر کو پڑھئے اور سر دھننے کے بعد سوچیے اگر یہ موضوع منشی پریم چند، کرشن چندر یا عصمت چغتائی کو سوجھ جاتا تو کتنے افسانوں کی تخلیق کی جا سکتی

تھی۔ اثرؔ فرماتے ہیں:۔

اِدھر سے آج وہ گزرے تو منہ پھیرے ہوئے گزرے
اب اُن سے بھی ہماری بے کسی دیکھی نہیں جاتی

اگر اختصار نہ صرف ظرافت بلکہ افسانہ کی بھی جان ہے تو تسلیم کرنا پڑے گا کہ اُردو کے متعدد اشعار کا شمار دُنیا کے بہترین اور مختصر ترین افسانوں میں کیا جاسکتا ہے۔ اس ضمن میں اُردو شعر کا حریف ہندی دوہا ہو تو ہو، اور کوئی نہیں ہوسکتا۔

●●

میں نے عذاب پور میں کیا دیکھا

روز نامہ "خرافات" کے ایڈیٹر مرزا حماقت بیگ صحافی ابنِ صحافی ہیں۔ اُنھوں نے اپنا پہلا مضمون پانچ برس کی عمر میں لکھا۔ عنوان تھا "پیدائشی بے وقوف!" اسے پڑھ کر اُن کے والد صاحب نے انہیں گلے سے لگا لیا اور کہا "برخوردار! تم ایک دن ضرور اپنے خاندان کا نام روشن کروگے" بارہ برس کی عمر میں اُنھوں نے اپنا دُوسرا مضمون لکھا۔ عنوان تھا: "دیوانگی بھی ایک نعمت ہے!" اسے پڑھ کر اُن کے والد صاحب نے فرمایا "عزیزِ من! تم نے اپنے خاندان کو چار چاند لگا دیئے ہیں!" چوبیس برس کی عمر میں اُنھوں نے اپنا تیسرا مضمون لکھا: عنوان تھا: "مجلس نامعقولوں کی!" اس میں اُنھوں نے تفصیل کے ساتھ اپنے خاندان کا ذکر کیا۔ اسے پڑھ کر اُن کے والد صاحب کو اتنی خوشی ہوئی کہ فرطِ مسرت سے اُن کے دِل کی حرکت بند ہو گئی۔

اُن کی وفات کے بعد روز نامہ "خرافات" کو ایڈیٹ کرنے کی ذمّہ داری مرزا حماقت بیگ نے سنبھال لی۔ انھوں نے نہ صرف اخبار کے ظاہری حسن میں

اضافہ کیا بلکہ ایڈیٹوریل لکھنے میں کتنی جدتیں پیدا کیں۔ اُن میں سب سے دلچسپ یہ تھی کہ ایک ہی موضوع پر دس اور کبھی کبھی پندرہ یا بیس ایڈیٹوریل لکھا کرتے۔ کئی بار قارئین کو شک ہونے لگتا وہ ایڈیٹوریل نہیں کتاب لکھ رہے ہیں۔ مثال کے طور پر اُنہوں نے "نیا سال مبارک ہو" پر پچیس ایڈیٹوریل لکھے۔ جنہیں پڑھ کر قارئین بے حال ہو گئے اور اُن سے درخواست کی کہ خدا کے لیے یہ سلسلہ بند کیجئے نہیں تو ہم پاگل ہو جائیں گے۔

مرزا حماقت بیگ اکثر فخر سے کہا کرتے "اگر ہم چاہیں تو ایک ہی موضوع پر تین سو پینسٹھ ایڈیٹوریل لکھ سکتے ہیں۔ اُن کا ایڈیٹوریل لکھنے کا انداز واقعی اچھوتا اور نرالا ہے۔ عموماً پہلے پانچ مضامین میں وہ مضمون کی تمہید باندھا کرتے ہیں۔ اس کے بعد آنے والے سات مضامین میں یہ بتایا کرتے ہیں اُنہوں نے اتنی لمبی تمہید کیوں باندھی۔ باقی کے مضامین میں یہ اعتراف کیا کرتے ہیں۔ ہم جس موضوع پر لکھ رہے ہیں۔ اُس کے متعلق ہماری معلومات غایت درجہ محدود ہیں۔ لیکن ایک خاص ایڈیٹوریل کو تو اتنا پسند کیا گیا کہ قارئین کے اِصرار پر اُنھیں اسے کتابی صورت میں چھاپنا پڑا۔ اس ایڈیٹوریل کا عنوان ہے۔ "میں نے عذاب پور میں کیا دیکھا؟"، اس موضوع پر اُنہوں نے بیس مضامین لکھے ہیں۔ دراصل صرف دس ہی لکھے ہیں کیونکہ پچھلے دس مضامین میں وہی باتیں دہرائی گئی ہیں۔ جن کا ذکر پہلے دس میں کیا گیا ہے۔ مناسب

ہوگا آپ کو اِن مضامین کا خلاصہ بتا دیا جائے تاکہ آپ اندازہ لگا سکیں کہ مرزا حماقت بیگ کو ایڈیٹوریل لکھنے میں کتنا کمال حاصل ہے۔

"میں نے عذاب پور میں کیا دیکھا؟" انہوں نے قارئین کو بتلایا ہے کہ جب انہوں نے عذاب پور جانے کا عزم کیا۔ اُن کی بیوی اور اُن کے بچوں نے رو رو کر درخواست کی خدا کے لئے عذاب پور نہ جائیے۔ کیونکہ وہاں آج تک کوئی صحافی نہیں گیا۔ اور اگر گیا ہے تو زندہ بچ کر نہیں آیا۔ اُن کی بیگم نے تو یہاں تک کہہ دیا اگر آپ عذاب پور کی بجائے جہنم میں جا رہے ہوتے تو مجھے اِتنا افسوس نہ ہوتا۔

دُوسرے مضمون میں انہوں نے عذاب پور کا حدود اربعہ بیان کیا ہے۔ عذاب پور ایک پہاڑی قصبہ ہے۔ جس کی آبادی پچاس اشخاص پر مشتمل ہے اُس کے شمال میں سیلاب پور ہے اِس کو سیلاب پور اس لئے کہتے ہیں۔ کہ یہاں ہر سال سیلاب آیا کرتا ہے۔ کباب پور کا نام کبھی شراب پور ہوا کرتا تھا۔ مگر اِس نام کو فضول سمجھ کر ترک کر دیا گیا۔ نواب پور میں کسی زمانہ میں نواب رہا کرتے تھے۔ مگر اِس بات کا پتہ نہیں چل سکا وہ یہاں کیوں رہتے تھے۔ رباب پور میں ہر شخص رباب بجانے میں ماہر ہے۔ عذاب پور کو یہ نام کیوں دیا گیا۔ اس کے متعلق مورخوں میں اختلاف رائے ہے۔ کچھ کہتے ہیں۔ راجہ عذاب رائے کے نام پر قصبہ کا نام رکھا گیا۔ کچھ کی رائے میں عذاب ایک رقاصہ کا نام تھا۔ جو اِس قصبہ میں رہا کرتی تھی اور جس کی وجہ سے اُس کے عشاق کی جان عذاب

میں تھی۔ کچھ اور کا خیال ہے۔ جب اس قصبہ کے بسانے والوں کو کوئی اور نام نہ سوجھا انہوں نے عذاب پور رکھ دیا۔

تیسرے مضمون میں اُنہوں نے ایک خواب کا ذکر کیا ہے جو اُنہوں نے عذاب پور جانے سے پہلے دیکھا تھا۔ اِس خواب میں ایک جنگلی قبیلہ نے اُنہیں اپنا سردار منتخب کرنے کے بعد اُن سے درخواست کی تھی وُہ اپنی پہلی بیوی کو طلاق دے دیں اور جنگل کی شاہزادی سے شادی کر لیں۔ چنانچہ اُنہوں نے ایسا ہی کیا تھا۔

اِس مضمون میں مرزا صاحب نے یہ واضح کرنے کی کوشش نہیں کی کہ اس خواب کا عذاب پور سے کیا تعلق ہے۔

چوتھے مضمون میں اُنہوں نے چند حکایتیں بیان کی ہیں اور اُن سے کچھ سبق آموز نتائج اخذ کئے ہیں۔ ایک کہانی ہے۔ "چالاک کوا اور بے وقوف لومڑی"۔ ایک کوے کے مُنہ میں گوشت کا ٹکڑا دیکھ کر لومڑی کے مُنہ میں پانی بھر آیا۔ اُس نے کوے کی تعریف کرتے ہوئے کہا۔ سُنا آپ بہت اچھا گاتے ہیں۔ کوّے نے گوشت کا ٹکڑا کھانے کے بعد جواب دیا آپ نے غلط سُنا۔ بندہ تو صرف کائیں کائیں کرنا جانتا ہے۔

اس کہانی سے ہمیں یہ سبق ملتا ہے۔ چالاک آدمی کی خوشامد نہیں کرنا چاہیئے۔

ایک اور کہانی ہے کہ ایک شخص بچھڑے کی رسی ہاتھ میں پکڑ کر جا رہا تھا۔ اُسے باری باری تین ٹھگ ملے اُنہوں نے اُسے بتایا وُہ

بچھڑے کو نہیں ایک بڑے قد کے کتے کو لئے جا رہا ہے۔ اُس
شخص نے کہا۔۔۔ آپ تینوں کی بینائی کمزور ہو گئی ہے۔ میں آپ کو
مشورہ دوں گا۔ آپ فوراً عینک لگوا لیجیے۔

اِس کہانی سے ہمیں یہ سبق ملتا ہے بچھڑے پر کبھی کتے کا
گمان نہیں کرنا چاہیے۔

پانچویں مضمون میں مرزا صاحب نے یہ ثابت کرنے کی کوشش کی
ہے کہ اردو ادب میں صرف ایک کام کا ناول۔ دو کام کے نقاد اور تین
کام کے شاعر ہیں۔ ناول کا نام امراؤ جان ادا ہے۔ نقاد الطاف
حسین حالی اور محمد حسین آزاد ہیں اور شاعروں کے نام ہیں۔
میر۔ غالب اور اقبال۔

مضمون نمبر چار کی طرح اُنہوں نے اس مضمون میں بھی۔
وضاحت نہیں کی کہ اِس مضمون کو جملہ معترضہ کی حیثیت کس لیے
عطا کی گئی ہے۔

چھٹے مضمون میں اُنہوں نے بیان کیا ہے کہ جب وہ عذاب
پُور میں داخل ہوئے۔ بہت سے لوگوں نے اُنہیں پاگل، سڑی
اور دیوانہ سمجھا اور اُن پر پتھر برسائے۔ کچھ منچلوں نے اُنہیں
زنجیر پہنانے کی کوشش بھی کی خوش قسمتی سے اُن کے روزنامہ کے واحد
گاہک منشی کنول نین نے اُنہیں پہچان لیا اور اپنے گھر لے گیا۔

ساتویں مضمون میں اُنہوں نے اُس جاسوسی ناول کا ذِکر

کیا ہے۔ جو وہ اپنے ساتھ لے گئے تھے اور جسے اُنہوں نے عذاب پور کی رُومانی فضا میں مزے لے لے کر پڑھا۔ قارئین کی دلچسپی کے لئے آدھے ناول کی کہانی بھی درج کر دی ہے ـــــ آٹھویں مضمون میں ناول کے باقی حصے کی کہانی درج کی گئی ہے۔ نیز قارئین سے سفارش کی گئی ہے وہ یہ ناول ضرور خریدیں۔ کیونکہ اُس کے مصنف مرزا صاحب کے داماد ہیں۔ اگر نہ بھی ہوتے تب بھی یہ ناول اتنا ہی دلچسپ ہوتا جتنا اب ہے۔

نویں مضمون میں اُن خطوط کا ذکر کیا گیا ہے کہ جو مرزا صاحب نے قصبہ عذاب پور سے مختلف اشخاص کو لکھے۔ ان میں سے ایک خط ان کی محبوبہ کے نام ہے۔ اِس میں اُنہوں نے تجویز پیش کی ہے۔ گو ہم دونوں شادی شدہ ہیں اور ہمارے چھ چھ بچے ہیں لیکن اگر تم اپنے شوہر کو طلاق دے دو تو میں اپنی بیوی کو طلاق دینے کے لئے تیار ہوں۔

ایک اور خط اُن کے بڑے لڑکے کے نام ہے اس میں اُنہوں نے ایک حیرت انگیز انکشاف کیا ہے۔ لکھتے ہیں۔ عموماً لائق والدین کی اولاد نالائق اور والدین کی لائق ثابت ہوتی ہے۔ میں خدا کا شکر بجالاتا ہوں کہ میری اولاد لائق ثابت ہو گی۔ ـــ دسویں مضمون میں اُنہوں نے اِس بات کا اعتراف اور اعلان کیا ہے کہ قصبہ عذاب پور میں اُنہوں نے کچھ نہیں دیکھا۔ کیونکہ اِس قصبہ میں کوئی چیز دیکھنے کے قابل ہی نہیں۔

باقی دس مضامین پہلے دس مضامین کے موضوعات کو دہراتے ہیں۔ مرزا صاحب نے اس تکرار کے لئے یہ جواز پیش کیا ہے۔
"ہمارا تجربہ ہے۔ قارئین کا حافظہ ضرورت سے زیادہ کمزور ہوتا ہے۔ اس لئے وہ بہت جلد بھول جاتے ہیں کہ چند دن پہلے انہوں نے کیا پڑھا تھا۔ بالفرضِ محال اگر اُن کا حافظہ کمزور نہ بھی ہو تو موضوعات کو دہرانے میں کوئی حرج نہیں۔ کیونکہ ایسا کرنے سے وہ ذہن نشین ہو جاتے ہیں۔"

●●

کہاوتیں دھوکا دیتی ہیں

حُسنِ نظر فریب کی طرح کہاوتیں بھی اکثر دھوکا دیتی ہیں" میکاولی" نے ٹھیک کہا تھا۔ ہر کہاوت میں صرف پچاس فیصد صداقت ہوتی ہے۔ (میکاولی کا یہ قول بھی ایک کہاوت ہے اور اس میں پچاس فیصد صداقت ہے) اب آپ اس صداقت کو ہی لیجیے۔ کاٹھ کی ہانڈی بار بار نہیں چڑھتی۔ ہمارا تو خیال ہے جب تک دُنیا میں کاٹھ کے اُلو موجود ہیں، کاٹھ کی ہانڈی بار بار چڑھتی رہے گی۔ شرط صرف یہ ہے خانساماں ہوشیار ہونا چاہیئے۔ یعنی اُسے ہانڈی چڑھانے کا صحیح طریقہ آتا ہو، تجربہ شاہد ہے اگر ایسا ہو تو تیز سی آگ اُس کا بال بھی بیکا نہیں کر سکتی، ہانڈی کا۔ خانساماں کا نہیں۔ اگر واقعی کاٹھ کی ہانڈی بار بار نہ چڑھتی تو عیّار اور دھوکے باز لوگ ایک آدھ بار دُوسروں کو دھوکہ دینے کے بعد اپنے پیشے سے توبہ کر لیتے۔

ایک اور کہاوت ہے جو گرجتے ہیں برستے نہیں۔ خُدا جانے

یہ کہاوت کس شخص نے کون سے بادل دیکھ کر گڑھی تھی۔ کیونکہ ہم نے تو ہمیشہ دیکھا ہے کہ گرجنے والے ضرور برسا کرتے ہیں اور پھر جیسا کہ کسی لال بجھکڑ نے کہا ہے۔ یہ کون کہہ سکتا ہے۔ کب کوئی بادل گرجنا بند کردے اور برسنا شروع کردے، کچھ سادہ لوگ جو اِس کہاوت میں یقین رکھتے ہیں اگر بارش میں اِس لئے بھیگتے ہوئے پائے گئے ہیں کیونکہ اُن کا خیال تھا۔ بادل صرف گرجتے رہیں گے برسیں گے نہیں۔ اور اس کا تو آپ کو بھی تجربہ ہوگا۔ جب آپ کا اپنی بیوی سے جھگڑا ہوجاتا ہے وہ پہلے زور سے چیختی اور چلاتی ہے اور پھر آنسو بہانے لگتی ہے صرف یہ مثال ہی اِس کہاوت، کو غلط ثابت کرنے کے لئے کافی ہے۔

آپ نے یہ مشہور کہاوت بھی ضرور سُنی ہوگی۔ ماں پر پُوت۔ پیتا پر گھوڑا بہت نہیں تھوڑا تھوڑا ہمیں تو اس کی صداقت میں بھی شک ہے کیونکہ کچھ بچے ایسے بھی ہوتے ہیں جو ماں پر جاتے ہیں نہ باپ پر۔ یعنی جو صرف اپنے آپ پر جاتے ہیں۔ اور آپ نے ایسے گھوڑے دیکھے ہوں گے، جن کے باپ پر کسی گھوڑے کا نہیں خچر یا گدھے کا گمان ہوتا ہے یعنی جو اڑیل اور بیوقوف ہوتے ہیں کہ اُنہیں ازراہ اخلاق ہی گھوڑا کہا جاسکتا ہے۔ دراصل بچہ ماں اور باپ میں سے کسی ایک پر جا سکتا ہے۔ ایک ایرانی شہزادے کی ایک ایسے نوجوان سے ملاقات ہوئی، جس کی شکل اُس سے ہُو بہو ملتی تھی۔ شہزادے نے حیران ہوکر اُس

سے پوچھا "کیا تمہاری ماں کبھی شاہی حرم میں تھی" نوجوان نے مسکرا کر جواب دیا۔ "میری ماں تو نہیں لیکن میرا باپ شاہی حرم میں برسوں ملازم رہا ہے۔"

ایک کہاوت یہ بھی ہے گیدڑ کی جب موت آتی ہے وہ شہر کا رُخ کرتا ہے۔ خدا جانے مرنے کے لئے گیدڑ کون شہر کا رُخ کرتا ہے۔ کیونکہ آج تک نہ تو ہمارے اور نہ کسی اور شہر میں گیدڑ مرنے کا واقعہ یا سانحہ ہوا ہے۔ اس کا مطلب یہ ہوا۔ یا تو آج تک کسی گیدڑ کی موت ہی نہیں آئی۔ یا اُس نے شہر میں مرنے کی بجائے جنگل میں مرنا بہتر سمجھا اور یا یہ کہاوت سرے سے ہی غلط ہے!

اب ذرا آپ اِس کہاوت پر غور کیجئے۔ نیکی کر دریا میں ڈال۔ کہاوت اس لئے دھوکا دیتی ہے۔ کیونکہ اس کا مفہوم واضح نہیں۔ نیکی کرنے کے بعد کیا اس شخص کو دریا میں ڈالنا چاہیئے۔ جس کے ساتھ نیکی کی گئی ہے یا اپنے آپ کو اور اگر نیکی ہی کو دریا میں ڈالنا ہے تو پھر کرنے کا فائدہ ہی کیا ہے۔

فارسی کی ایک کہاوت ہے اگر عیسیٰ کا گدھا مکے سے بھی ہو آئے پھر بھی وہ گدھا ہی رہے گا۔ یہ مثل اس لئے دھوکا دیتی ہے۔ کیونکہ اس میں صرف ایک خاص گدھے کا ذکر کیا گیا ہے باقی گدھوں یا انسانوں کے متعلق کچھ نہیں کہا گیا۔ ہمارا تو تجربہ ہے ہزاروں اِنسان متبرک سے متبرک جگہ کی زیارت کرنے کے

بعد بھی گدھے ہی رہتے ہیں اِس لئے صرف عیسیٰ کے گدھے کو معتوب کرنا زیادتی اور بے انصافی ہے۔

اسی طرح یہ کہاوت آپ نے سُنی ہو گی۔ گدھا کیا جانے زعفران کا بھاؤ۔ یہ بھی ایک نہایت گمراہ کُن کہاوت ہے۔ اگر گدھا زعفران کا بھاؤ نہیں جانتا تو اُسے معاف کیا جا سکتا ہے۔ کیونکہ وہ بیچارا تو صرف گھاس کا بھاؤ جانتا ہے۔ لیکن آپ کو ہزاروں آدمی ایسے ملیں گے جو زعفران کا بھاؤ تو کجا زعفران تک کو نہیں جانتے۔ یعنی جن کے خیال میں زعفران کسی ایکٹریس یا کسی مُلک کی راجدھانی کا نام ہے۔

ایک اور مشہور کہاوت ہے۔ نیم حکیم خطرۂ جان اِس کہاوت میں بھی صرف پچاس فیصد صداقت ہے کیونکہ کئی بار سالم حکیم بھی خطرہ جان ثابت ہو سکتا ہے اور ہوتا ہے۔ ایک شخص کا باپ بیمار ہو گیا۔ اِس نے پہلے ایک نیم حکیم سے مشورہ کیا۔ اس نے علاج کرنے کے لئے پچاس روپے مانگے۔ وہ شخص یہ رقم ادا کرنے پر راضی نہ ہُوا۔ اور ایکسپرٹ یعنی ماہر کے پاس اپنے بیمار باپ کو لے گیا۔ ایکسپرٹ نے پانچ سو روپے بطور فیس وصول کرنے کے بعد مریض کا علاج شروع کر دیا۔ ایک ہفتہ کے بعد مریض کی موت ہو گئی۔ نیم حکیم کو جب اس بات کا پتہ چلا اُس نے مرحوم کے بیٹے سے شکایت آمیز لہجے میں کہا۔ جو کام میں پچاس روپے میں

کر دینے کو تیار تھا۔ وہ آپ نے پانچ سو روپے دے کر کروا یا۔ اِس پر بھی آپ عقلمند سمجھتے ہیں اپنے آپ کو۔

اگر آپ ایمانداری اور غیر جانبداری کے ساتھ کہاوتوں کا تجزیہ کریں تو۔ آپ کو تسلیم کرنا پڑے گا۔ اُن پر یہ کہاوت صادق آتی ہے۔ ہاتھی کے دانت دکھانے کے اور دِکھانے کے اور ہیں۔

مثال کے طور پر ان چند کہاوتوں کو لیجیے۔ کُتّے کو گھی ہضم نہیں ہوتا ہم نے تو مریل سے مریل کُتّے کو گھی ہضم ہوتا دیکھا ہے۔ چور کے پیر کہاں۔ اگر اُس کے پیر نہ ہوتے تو وہ چوری کر کے کس طرح بھاگ سکتا۔ سانچ کو آنچ نہیں۔ اگر واقعی نہ ہوتی تو ہر شخص دھرم پُتر یُدھشٹر یا راجہ ہریش چندر ہوتا۔ کام پیارا ہے چام پیارا نہیں۔ اگر در اصل ایسا ہوتا تو نصف سے زیادہ ہندوستانی بیویوں کو طلاق اور ساٹھ فیصدی ایکٹریسوں کو ملازمت سے جواب مِل جاتا۔

اپنا اپنا غیر غیر۔ اِن دِنوں تو اپنوں سے اغیار اچھے ثابت ہو رہے ہیں۔ بقولِ شاعر۔

جنہیں ہم غیر سمجھتے تھے وہی مشکل میں کام آئے
بنایا تھا جنہیں اپنا وہ مارِ آستیں نِکلے!

روش بدلی زمانے کی

قیاس غالب ہے کہ اکبر الہ آبادی نے محض عورتوں کو خوش کرنے کے لیے یہ پیش گوئی کی تھی:-

بیویاں شوہر بنیں گی اور شوہر بیویاں

کیونکہ اگر اس میں رتی بھر صداقت ہوتی تو یہ معجزہ کم از کم ۱۹۷۵ء میں جسے "عورتوں کا سال" قرار دیا گیا تھا۔ یقیناً ظہور پذیر ہوتا۔ لیکن ۱۹۷۵ء آیا اور چلا گیا، اور بیویاں بیویاں رہیں اور شوہر شوہر۔

ہمارے خیال میں اگر اکبر یہ کہتے کہ وہ زمانہ جلد آنے والا ہے۔ جب شاگرد، استاد بنیں گے اور استاد شاگرد تو انہیں "لسان العصر" کے علاوہ "اختر شناس" بھی سمجھا جاتا۔

ایک زمانہ تھا جب شاگرد استاد کی چلمیں بھرا کرتے تھے۔ چلموں کے علاوہ اُن کا کلمہ بھی بھرتے تھے اور خود چاہے کتنے ہی عالم و فاضل ہوتے، استاد کے آگے پانی بھرتے تھے۔ امیر خسروؔ کو حضرت خواجہ نظام الدین اولیاؒ سے، مولانا الطاف حسین حالیؔ کو مرزا غالبؔ سے اور ڈاکٹر محمد اقبالؔ کو داغؔ

دہلوی سے جو قربت تھی وہ ضرب المثل ہو گئی ہے۔ آج کل اگر چراغ لے کر بھی ڈھونڈیں تو ایسے شاگرد نہیں ملتے۔ سچ تو یہ ہے ان دنوں یا تو ایسے شاگرد نام کی چیز ہی نہیں رہی یا اس میں اتنی تبدیلی آگئی ہے کہ اِس پر استاد ہونے کا دھوکا ہوتا ہے۔

آج اگر استاد شاگرد کو مخاطب کرتے ہوئے کہتا ہے:

ہیں کبھی ہوں اک سخن در آشن کلام اکبر
اِن موتیوں سے آکر، دامن کو اپنے بھرلے

تو شاگرد بڑے ٹھسے کے ساتھ جواب دیتا ہے:۔

دعویٰ بڑا ہے سوز کو اپنے کلام کا
جو غور کیجیے تو ہے کوڑی کے کام کا!

اوروں کی بات چھوڑیئے، آپ ہمارے ہی شاگردوں کے کارنامے ملاحظہ فرمایئے۔

ایک مرتبہ ہم نے اپنے ایک شاگرد سے کہا۔ "کیا بات ہے؟ آپ کبھی کلاس روم میں نظر نہیں آتے؟"

اُس نے ادائے بے نیازی کے ساتھ جواب دیا۔ "معاف کیجیے۔ آپ کا لیکچر اتنا خشک ہوتا ہے کہ مجھے دردِ سر کی شکایت ہو جاتی ہے۔ نیز آپ کا انگریزی کا تلفظ اتنا غلط ہے کہ ہمیشہ یہ ڈر لگا رہتا ہے کہ کہیں ہمارا تلفظ بھی خراب نہ ہو جائے۔"

ہمارے ایک اور شاگرد کو خواہ مخواہ بحث کرنے کی عادت ہے۔ ایک

دلی جب ہم شیکسپیئر کی ادبی عظمت سے کلاس کو روشناس کرا رہے تھے تو اُس نے کہا قطع کلام معاف! لیکن والٹیئر کہتا ہے کہ شیکسپیئر ایک غیر مہذب ڈرامہ نگار تھا اور آپ ہیں کہ اسے حرف آخر سمجھتے ہیں۔“

ہم نے والٹیئر کے اعتراض کا جواب دینے کے بعد اتنا ہی کہا تھا ”ٹریجڈی لکھنے میں شیکسپیئر کا کوئی ثانی نہیں۔“ کہ اُس نے ہمیں دوبارہ ٹوکتے ہوئے کہا۔ ”لیکن ٹالسٹائی بھی شیکسپیئر کو عظیم ادیب نہیں سمجھتا۔“

”ٹالسٹائی“ کا اپنا الگ زاویۂ نگاہ ہے وہ اس ادب کو اچھا نہیں سمجھتا جو اخلاقی اقدار کی تبلیغ نہیں کرتا۔“ ہم نے معذرت کے لہجے میں کہا۔

جب شیکسپیئر اخلاقی اقدار کو نظر انداز کرتا ہے تو وہ عظیم ڈرامانسٹ کیسے ہو سکتا ہے؟“

”کیوں کہ وہ زندگی کی صحیح ترین عکاسی کرتا ہے۔“

”صحیح ترین عکاسی تو آئینہ بھی کرتا ہے۔ پھر شیکسپیئر اور آئینے میں کیا فرق ہوا؟“

”آئینہ شیکسپیئر کی طرح شاعری نہیں کرتا۔“

”اگر شیکسپیئر شاعری کرتا ہے تو وہ شاعر ہوا۔ اسے ڈرامانسٹ کیوں کہا جاتا ہے؟“

خیر ایسے طالب علم کو بھی برداشت کیا جا سکتا ہے، لیکن ان طلبہ کا کیا کیا جائے جو آئے دن ہمارے خلاف اس لیے اسٹرائک پر چلے جاتے ہیں کہ ان کے خیال میں ہمیں پڑھانا نہیں آتا۔ جب پرنسپل صاحب اُن سے

یہ دریافت کرنے کے لیے اپنے دفتر میں بلوا بھیجتے ہیں کہ وہ کس لیے ہم سے پڑھنا نہیں چاہتے تو اُن کا لیڈر کہتا ہے "صاحب وہ غلط انگریزی بولتے ہیں۔" پرنسپل حیران ہو کر فرماتے ہیں "وہ پچھلے بیس سال سے انگریزی پڑھا رہے ہیں۔ ہم یہ کیسے تسلیم کر لیں کہ وہ صحیح انگریزی نہیں بول سکتے؟"

"جناب بات یہ ہے کہ غلط انگریزی بولنے کی عادت ایک بار پڑ جائے تو مشکل ہی سے ہی چھوٹتی ہے۔"

"اور کوئی شکایت؟"

"انگریزی ادب سے اُن کی واقفیت اٹھارویں صدی تک محدود ہے۔ جدید ادب ان کی فہم سے بالاتر ہے۔ اُنہوں نے جدید ادبا کے نام تک نہیں سنے، ان کی تخلیقات پڑھنا تو دُور کی بات ہے۔"

"آپ انڈر گریجویٹ اور وہ ایم اے ہیں۔ آپ کو ان کی قابلیت پر نکتہ چینی نہیں کرنی چاہیئے۔"

"ہمیں ان پر نکتہ چینی کرنے کا پورا حق ہے۔ ڈاکٹر جانسن نے کہا ہے: "اس شخص کو بھی جو کرسی نہیں بنا سکتا۔ کسی بڑھئی کی بنائی ہوئی کُرسی میں میں میکھ نکالنے کا پورا حق ہے۔"

پرنسپل صاحب اس گفتگو کا خلاصہ جو ان کے اور طلبہ کے درمیاں ہوتی ہے۔ ہمیں سُناتے ہیں۔ ہم سر پیٹ کر رہ جاتے ہیں اور بے اختیار ہمیں پرانے زمانے کے شاگردوں کے تیور یاد آجاتے ہیں

ہمارے ایک شاعر دوست تقسیمِ ملک کے بعد لاہور سے ترک وطن کر کے دہلی پہنچے، انہیں شوق چرایا کہ جناب بیخود دہلوی کے سامنے زانوئے تلمذ تہ کیا جائے۔ چنانچہ ایک دن اُن کی خدمت میں حاضر ہوئے۔ وہاں انہوں نے اُن کے آنگن میں ایک ایسا منظر دیکھا کہ اُن کی روح لرز اٹھی دس بارہ شاگرد جن کی عمریں پچاس پچپن سے کسی طرح سے کم نہ ہوں گی زمین پر ناک سے لکیریں کھینچ رہے تھے اور بیخود صاحب انہیں سخت سست کہتے ہوئے یہ فقرے دوہرا رہے تھے "نالائقو، تم نے تو ہماری ناک کٹوا دی اس مشہور شعر کی تقطیع نہیں کر سکتے اور سخن فہم ہونے کا دعویٰ کرتے ہو!"

دوسرا قصہ مشہور فلم سٹار کندن لال سہگل سے متعلق ہے آغا حشر کاشمیری کی فلم "یہودی کی لڑکی" میں وہ ہیرو کا رول ادا کر رہے تھے۔ ریہرسل کے دوران ایک فقرہ وہ اس طرح ادا نہ کر سکے۔ جیسے آغا حشر کو مطلوب تھا۔ آغا صاحب نے دو تین بار وہ فقرہ خود ادا کیا۔ لیکن جب اس کے باوجود سہگل ناکام رہے تو آغا صاحب کو غصہ آگیا۔ انہوں نے سہگل کے ایک تھپڑ مارتے ہوئے کہا۔ "عجیب کند ذہن سے بالا پڑا ہے۔"

"چند برس کے بعد سہگل کا شمار ہندوستان کے نامور ایکٹروں میں ہونے لگا۔ اس نے کلکتہ کی بجائے۔ بمبئی میں قسمت آزمائی کرنے کا قصد کیا۔ کلکتہ چھوڑنے سے پہلے وہ آغا صاحب کو الوداع کہنے کے لیے اُن کے مکان پر گیا۔ انہوں نے کہا۔ "سہگل صاحب، ایک بات زمانے سے دل میں کھٹک رہی ہے۔ میں چاہتا ہوں آج اس کا اظہار کر دوں۔"

سہگل بولا " فرمایئے۔"

"تمہیں یاد ہے۔ یہودی کی لڑکی"، کے ایک مکالمے کی ریہرسل کرتے وقت تم ایک فقرہ صحیح طور پر ادا نہ کر سکے تھے۔ اور میں نے غصے میں آ کر تمہارے ایک تھپڑ مارا تھا۔ میں اس زیادتی کے لئے تم سے معذرت چاہتا ہوں۔"

کندن لال سہگل کی آنکھوں میں آنسو آ گئے۔ اس نے آغا صاحب کے پاؤں چھوتے ہوئے کہا۔" معذرت کیسی قبلہ! آپ کے اسی تھپڑ نے تو مجھے ایکٹر بنا دیا۔"

اللہ اللہ! کتنے سعادت مند شاگرد ہوا کرتے تھے! اور کتنا ناز ہوا کرتا تھا۔ انہیں اپنے استادوں پر! اور ایک آج کل کے شاگرد ہیں جو بڑی ڈھٹائی کے ساتھ اپنے پروفیسر سے کہتے ہیں۔" اجی حضرت، آپ ہمیں کیا پڑھائیں گے۔ آپ کی دعا سے ہم ابھی دس برس تک آپ کو پڑھا سکتے ہیں۔"

●●

منتخب مزاحیہ مضامین کا ایک اور مجموعہ

ناچ میری بلبل

مصنف : کنہیالال کپور

بین الاقوامی ایڈیشن جلد منظر عام پر آرہاہے